code name
愛娘

百鬼
code name
草原
code name

少女仕度中

花園
code name

スパイ教室 02

《愛娘》のグレーテ

スパイ教室02
《愛娘》のグレーテ

竹町

ファンタジア文庫

2962

口絵・本文イラスト　トマリ
銃器設定協力　アサウラ

SPY ROOM
the room is a specialized institution of mission impossible
code name manamusume

CONTENTS

プロローグ　継承

その遺体は共同墓地に埋葬《まいそう》されていた。

墓地の前には、美しい男が佇《たたず》んでいた。男性にしては長めの髪《かみ》が雨に濡《ぬ》れて、頬《ほお》に張り付いている。野暮《やぼ》ったく見える長髪《ちょうはつ》は、その端麗《たんれい》な顔を隠《かく》し、印象を消すためだが、夜の墓場で一人雨に打たれている状況では、むしろ異質を際立《きわだ》たせた。

職業柄《しょくぎょうがら》、目立つことを嫌《きら》う彼であるが、この時ばかりは今の自分の異様を気に留めていないようだ。

彼はスパイだった。

名前は、クラウス。他《ほか》にも複数の名前を使い分けているが、多用するのはその名だ。

共同墓地には彼以外、誰《だれ》の姿もない。冷たい雨が降る夜に、わざわざシャベルとランタンを持って墓参りをする人間など彼一人だ。

寂《さみ》しげな瞳《ひとみ》で、そっと墓標を見つめる。墓標には、幾人《いくにん》かの名前が刻まれている。ありふれた名前ばかり。しかし、それは故人を示す記号ではない。刻まれた名前は、故人が生前使用していた偽名《ぎめい》にすぎなかった。

スパイの多くは、生きた証《あかし》を残せない。

しかし、それで十分だ。

彼らが得た情報――成果、教訓、思い出、意志は、残された者の胸にあり続けるのだから。

クラウスは誰にも見られていないことを確認《かくにん》すると、シャベルを地面に突《つ》き立てた。墓を掘《ほ》り返す。棺《ひつぎ》を壊《こわ》さないよう、その周辺に穴を掘る。作業を終えると、懐《ふところ》からそっと白い箱を取り出して、穴の底に置いた。

「師匠《ししょう》……指だけでもここに埋《う》めさせてもらうよ」

祈《いの》りを済ませて、シャベルで土を被《かぶ》せていく。瞬《また》く間に穴は塞《ふさ》がった。

クラウスは大きく息をつく。

ここに埋められているのは、かつての仲間だ。スパイチーム『焔《ほむら》』。孤児《こじ》だったクラウスをスパイの世界に引き入れて、一流のスパイに育て上げた家族同然の存在。

彼らに想《おも》いを馳《は》せていると、背後から人の気配がした。

「先生……」

振《ふ》り向くと、八人の少女が黒い傘《かさ》をさして並んでいる。

彼女たちが身に纏《まと》う架空《かくう》の宗教学校の制服は、墓場によく馴染《なじ》んでいた。

「何も全員で来ることはなかったんだがな」クラウスは目を細める。

少女たちの中で、まず銀髪《ぎんぱつ》の少女が一歩前に出た。リーダーのリリィ。手にはワインボトル。彼女はその栓《せん》を抜《ぬ》くと、中身を墓石にかけていった。そして手を組んで、じっと目を瞑《つぶ》る。

少女たちはボトルを回しながら、順々に墓石にワインをかけ、祈りを済ませていく。途《と》中《ちゅう》、誰かがワインの配分を間違《まちが》えたらしい。最後の一人には二、三滴《てき》しか残らなかった。細かな部分に、まだそそっかしさが残る。

だが、クラウスは彼女たちの潜在《せんざい》能力を強く信じていた。

「ボス、見ていてくれ。この九人が『焔』を受け継《つ》ぐ新たなチーム――『灯《ともしび》』だ」

墓石に向かって声をかける。

当然返事はない。しかし、通じただろう。そうクラウスは感じていた。

家族に挨拶《あいさつ》を済ませると、少女たちに視線を飛ばした。この墓石の前で、改めて確かめておきたかった。

「『灯』を存続させる以上、僕たちは『焔』の使命を引き継ぐことになる。当面の目的は、『焔』を壊滅《かいめつ》させた集団『蛇《へび》』の捜査《そうさ》だ。甘くはない。覚悟《かくご》はできているのか？」

彼女たちはいささかも動じなかった。

誇《ほこ》らしげに笑《え》みさえ見せる。

「その分給料は多いんだろう？」「『焔』は私の憧《あこが》れよ」「たくさん人を救うの」「俺様はみんなと一緒《いっしょ》がいいですっ！」「ボスの隣《となり》にいられるのなら……」

各々《おのおの》が言葉を口にする。

出身、スパイになる動機、野望、『灯』に対する帰属意識は多種多様だろう。

しかし、答えは一つだった。

最後に、リリィが頰を緩《ゆる》める。

「このリーダーに相応《ふさわ》しい――咲《さ》き誇れる自分になれるなら」

「――極上《ごくじょう》だ」

その言葉と共に、メンバーは墓石に頭を下げて踵《きびす》を返した。瞳には強い意志が宿っている。いち早く帰宅して訓練を積みたい。そんな感情が表情から滲《にじ》んでいた。

クラウスは去り際《ぎわ》、墓石に視線を送る。師匠との約束を再確認するために。

「守り抜くよ――今度こそ」

しばらくここに来ることもないだろう。

そして、墓石で眠《ねむ》る家族たちもそれを望んでいないだろう。

1章　変装

世界は痛みに満ちている――。

旧来の世界では、戦争とは数か月で終わるものだった。国々が憎《にく》み合おうと、物資が尽《つ》きれば闘えない。戦争の最中でも麦を収穫《しゅうかく》する時期には中断しなくてはならない。銃弾《じゅうだん》が尽きれば、潔《いさぎよ》く負けを認め、撤退《てったい》するだけ――科学技術が進歩するまでは。

産業革命の礎《いしずえ》ともなった蒸気機関は、船や機関車など輸送技術を飛躍的に発展させた。戦争のための物資を大量生産し、別大陸からの莫大《ばくだい》な穀物を戦地に供給できた。軍人でさえ植民地から輸入することで補えた。

ひとたび引き起こされた戦争は大多数の予想を外れ、数年にわたって繰り広げられた。この戦争に勝者はいなかった。参戦した全《すべ》ての人類がそう確信する。

――戦争はコスパが悪い。

経済は停滞《ていたい》し、国民は疲弊《ひへい》し、国力は衰《おとろ》える。唯一《ゆいいつ》得をしたのは、戦争に参加せずに物資を供給し続けた別大陸の国々のみ。あまりに無駄《むだ》が多い。

だから世界中の国々は意識を切り替《か》える。戦争は繰《く》り返してはならない。国際的な平和機関を設立し、協調の時代に入っていく。もちろん野望を捨てることはない。ただ表立って、大砲《たいほう》を向け合う必要もないのだ。資源を得るのは——別の手段でもいい。

かくして、「光の戦争」は終わりを迎《むか》える。

新時代に行われるのはスパイたちの情報戦——「影《かげ》の戦争」だった。


ディン共和国もまた「影の戦争」に参戦していた。

大戦前までは諜報《ちょうほう》機関と言えば、陸軍情報部と海軍情報部の二つ。しかし、二つは仲が悪く、また軍部特有の厳格な規律のせいで諜報機関としてはレベルの低い代物《しろもの》だった。その結果、世界大戦下、その二つの情報部を超越《ちょうえつ》する組織「対外情報室」が作られた。

対外情報室の中心は、伝説的な諜報機関『焔《ほむら》』。中世から王族の下《もと》で存続し、市民革命時には彼らを亡命させたという経歴を持つらしいが、詳細《しょうさい》は謎《なぞ》に包まれている。各軍情報部の生え抜きと『焔』が連携《れんけい》し、対外情報室は躍進《やくしん》。世界大戦の終結にも貢献《こうけん》した。

そして、世界大戦の終結から十年——。

陰謀《いんぼう》と裏切りによって三十八代目『焔』は壊滅する。

しかし、その生き残りの青年が、意志を引き継ごうとしていた。

とある臨時チームを、正式なチームに昇格《しょうかく》させた。

三十九代目『焔』。それは先代と区別するため別の名前で呼ばれる。

通称《つうしょう》『灯《ともしび》』——。

◇◇◇

『灯』の拠点《きょてん》は、ディン共和国の港町にある。

国内有数の商業都市にひっそりと建てられている。商社が立ち並ぶ街の一角に、ガーマス宗教学校という小さな建物があった。その建物の倉庫にある隠し通路を進むと、広大な庭と建物が顔を出す。陽炎《かげろう》パレスと呼ばれる豪華《ごうか》な洋館だ。かつては王族の隠れ家《が》であり、名実共に「宮殿《きゅうでん》」だったらしいが、その真偽《しんぎ》はもう住人でさえ把握《はあく》していない。

つい最近までは、ある事情により建物中に盗聴器《とうちょうき》が設置されていたが、現在は取り払《はら》われて、機密性は保たれている。仮に場所を特定されようとも、内部で何が行われているかは誰にも読めない鉄壁《てっぺき》の要塞《ようさい》だ。

「——極上だ」

クラウスは、その壮麗《そうれい》な洋館を改めて確認する。

美しい男性だ。その長身に気づかなければ、女性と勘違《かんちが》いしてもおかしくない。細身の体格、そして、端整《たんせい》な顔を隠すように伸《の》びた髪。本人が意識的にそうしているのだが、非常に中性的な外見だ。実年齢《じつねんれい》は二十歳だが、あまりに落ち着いた態度は二十代後半にも、三十代にも感じさせる。

特徴《とくちょう》的なプロフィールは三つ。

――一つ、彼は『灯』のボスだ。八人の少女を部下に従えている。

拠点に戻《もど》るのは十日ぶり。扉《とびら》を開けて、絨毯《じゅうたん》の敷《し》かれた廊下《ろうか》を進むと、少女が一人飛び出して、にこやかに手を振ってきた。

「あ、先生も戻ったんですねー！　お久しぶりですっ！」

銀髪の愛らしい少女だった。

名はリリィ。艶《つや》やかに伸びた銀髪と、豊満なバストが特徴で、常に笑顔を絶やさない。

八人の少女をまとめるリーダーでもあった。

クラウスが彼女を見るのも、十日ぶりとなる。

「あぁ、久しぶりだな」

そう声をかけると、リリィは覗《のぞ》き込むようにクラウスを見つめてきた。

「外国旅行は充実《じゅうじつ》しましたか？　先生の行き先は、ライラット王国ですよね？　いいなぁ、美味《おい》しい海産物で有名ですよねー」

「それなりに満喫《まんきつ》したよ。お前の休暇《きゅうか》は？」

「もちろん充実しましたよ。お給料も出ましたし、十日間もありましたもん！」

クラウスは、少女たちに十日間の暇《ひま》を与えていた。

『灯』は臨時チーム時代、一度、過酷《かこく》な任務を果たしている。その達成までは休養がなかったため、しばしの休暇を設けたのだ。ちょうど対外情報室から成功報酬《ほうしゅう》も支払《しはら》われている。十代の少女が受け取るには、潤沢《じゅんたく》すぎる額だ。

「先生にお土産《みやげ》も買ってきましたから、ぜひ食堂に！」

リリィが楽しげに十日間を語り、クラウスの腕《うで》を引いた。カバンを下ろす暇さえ与えてくれない。

ふと気になったことを尋《たず》ねた。

「ところで、他の奴らは？」

やけに洋館が静かすぎる。

リリィが、んー、と頰《ほお》を膨《ふく》らませた。

「残念なことに、まだバカンス中ですね。どいつもこいつも気を緩めすぎです」

視線を動かしても、他の少女の姿は見えない。

階上から足音も聞こえなかった。

食堂からは香《こう》ばしい匂《にお》いが漂《ただよ》っている。ベーコンが焼けた香《かお》り。それが彼女のお土産らしい。自分の帰宅時間に合わせて、用意してくれたようだ。

食堂の扉は開け放たれている。

料理は既《すで》に並べられていた。純白のテーブルクロスの上に、ベーコンステーキとフルーツの皿、ワインボトルが並べられている。

クラウスが一歩食堂に足を踏《ふ》み入れた時、

「――まぁ、嘘《うそ》ですけど」

リリィが舌を出した。

次の瞬間《しゅんかん》、潜《ひそ》んでいた多数の少女が現れた。

扉の陰《かげ》、テーブルクロスの下、吊《つ》り下げられたシャンデリアから、多数の少女が飛び出して、クラウスに飛び掛《か》かってくる。

リリィ以外の七人の少女の一斉奇襲《いっせいきしゅう》。

各々の手には、拘束《こうそく》用のワイヤー。

襲《おそ》い掛かる少女たちに対して、クラウスは、

「だろうな」

と冷静な態度を崩《くず》さなかった。

その襲撃《しゅうげき》を予期していたように、身を捩《よじ》って一度目の攻撃《こうげき》を回避《かいひ》すると、その細く長い腕でテーブルクロスを摑《つか》んだ。

それをサッと一息に引き寄せる。

クロスの上に載っていた食器類は微動《びどう》だにしない。

そのテーブルクロスを投網《とあみ》のように少女たちに投げた。そのまま七人の少女をまとめて搦《から》め捕《と》ると床《ゆか》に転がした。

「さすがに単純すぎる」

クラウスは淡々《たんたん》と口にする。

部下たちの突然《とつぜん》の暴力に怒《いか》りさえ見せない。

リリィが悔《くや》しそうに拳《こぶし》を握《にぎ》り込んだ。

「くっ……いくら先生でも、休暇明けは油断していると思ったのに！」

「一流のスパイはその程度では油断しない。成長は認めるが、まだまだだな」

「そこまで言うなら、コツを教えてくださいよ……」

「奇襲《きしゅう》はふわっとやる。以上だ」

「先生の方こそ成長しませんよねっ！」

　プロフィール二つ目──クラウスは教官だ。

『灯』の少女たちは、養成学校の落ちこぼれで構成されている。才覚はあるものの、事情を抱《かか》え、養成学校に適合できなかった者たち。クラウスは彼女たちを従えるボスであると同時に、彼女たちの才能を開花させる教官でもある。

──手段を問わず、クラウスに『降参』と言わせること。

　それがクラウスが少女たちに与《あた》えた課題であり、彼女たちは日夜クラウスと闘《たたか》いながら研鑽《けんさん》に努めていた。

　休暇明けもすぐにその課題に挑《いど》んだ少女たちに、クラウスは頷《うなず》いた。

「しかし、気合いは十分に伝わった──極上《ごくじょう》だ。そう伝えておくよ」

「そりゃあ、やる気は満ちていますよ！」

　リリィは両手の拳を握り込んだ。

「なにせ『灯』が臨時チームじゃなく、正式なチームと認められたんですもん！　意気込みますよ。発足後、記念すべき初任務もバシッと成功させてやりますよっ！」

　飛び跳《は》ねるジェスチャーまでしてみせる。鼻息が荒《あら》い。

　その後で、まだテーブルクロスに絡まっている他の少女に「皆《みな》さんもそうですよねっ？」

と声をかける。すると「初任務、どんとこい！」「私たちの結束力を示す時ね！」と返答があった。

休暇の間に英気を養ったらしい。声の一つ一つが力強い。

しかし、クラウスは首を捻《ひね》らざるを得なかった。

「初任務なら終わったぞ？」

「へ？」

「ライラット王国で三つ、国内で二つ、僕が既に済ませておいた。次は六つ目だな」

「………………」

少女たちが顔を硬直《こうちょく》させる。

発足後初任務に胸を躍《おど》らせた期待、それがひび割れる音までも聞こえてきそうだ。

クラウスは「では、訓練に励《はげ》むように」と口にすると、テーブルに置かれた林檎《りんご》を摑み、すぐに食堂を出ていった。

プロフィール三つ目――彼は超《ちょう》マイペース。

後には、何も説明を受けていない少女たちが残される。

彼女たちは互《たが》いに視線を合わせ、状況《じょうきょう》を整理し、ようやく『自分たちが任務に誘《さそ》われなかった』現実に気が付くと――

「「「「「「ちょっと待てええええええええぇっ！」」」」」」

とクラウスの背に向かって怒号《どごう》を浴びせた。

◇◇◇

「一人で達成したのか？　この短期間に？」

内閣府の一室で、ロマンスグレーの男が呆《あき》れ顔をしていた。普段《ふだん》ならば、相手を射殺《いころ》すような鋭《するど》い眼光を向けているが、この時ばかりは戸惑《とまど》いの表情を浮かべていた。白髪《しらが》交じりの髪《かみ》をかき上げて、手許《てもと》に置かれた報告書に視線を落とす。

対外情報室での出来事だ。簡素な名前とは裏腹に、万全《ばんぜん》のセキュリティが施《ほどこ》された堅牢《けんろう》な部屋。内閣府の警備員に認められ、専用の鍵《かぎ》でエレベーターに乗り、暗証番号を入力すると、ようやく辿《たど》り着ける。赤絨毯の上に置かれているのは、テーブルとソファのみ。事務員はおらず、一人の男が常駐《じょうちゅう》する不気味な空間だ。

「……信じがたいが、キミならばやりかねないな」

その主《あるじ》であるCと呼ばれる男は眉間《みけん》を押さえていた。彼が対外情報室の室長だ。

「せっかく少女たちを正式に引き入れたんだ。連れて行けばいいのに」

「実力不足だ」

クラウスは即答《そくとう》する。

椅子《いす》に腰《こし》をかけて、室長が淹《い》れたコーヒーを飲む。相変わらず、まずい。

「僕だって経験を積ませたいさ。だが、サラリーマンの商談じゃないんだ。未熟なアイツらを、そうやすやすと任務に連れて行けるものか」

「任務なら、一度達成しているだろう？」

「アレは例外だ。彼女たちの力なくして達成できなかった」

ある男の裏切りを予想し、独力では不可能と判断した。仕方のない選択《せんたく》だった。

しかし、今回クラウスが達成したのは、一人で十分にこなせる難度ばかり。不必要。どころか、少女たちを連れて行けば、余計な危険に巻き込みかねない。

「もちろん、彼女たちの才能は認める。いずれ参加してもらう。ただ、今は時期尚早《しょうそう》だ」

彼女たちを養成学校に戻さなかった責任は負うつもりだ。

自分が教え、鍛《きた》え、そして、導く。

しかし、事は慎重《しんちょう》に運ぶべきだ。

「……そう言って何年も腐《くさ》らす結果にならなければ良いがな」

「見透《みす》かしたような言い方だな」

「キミが犯《おか》しそうな過《あやま》ちだ」

室長の鋭い眼光がクラウスを捉《とら》えている。

冷ややかな瞳《ひとみ》で返した。

「なら、ちょうどいい任務を紹介《しょうかい》してくれないか？」

「ちょうどいい？」

「命の危険が乏《とぼ》しく、かつ、経験が積めそうな任務はないか？」

「そんな都合のいいものはない」

一応言ってみたが、にべもなく返される。

「なら、しばらく任務は控《ひか》えたいな。やるべき仕事は、十分果たしただろう？　数週間は部下の教育に尽力《じんりょく》したい。『蛇《へび》』の情報もかき集めたいしな」

「そうはいかないとは、分かっているはずだ」

室長は、テーブルの上にファイルを積み上げた。

ざっと見たところ、数冊分。どれも新しい任務と見ていいだろう。

「………」無言で見つめ返す。

「露骨《ろこつ》に嫌《いや》そうな顔だな」

「本来僕には一か月の休暇が与えられたはずなんだがな」

「キミの顔色が少しマシになったからな」

室長は一旦《いったん》緩《ゆる》めた顔を引き締《し》めた。

「だが、キミだって分かっているだろう？　今こう話している間にも、帝国《ていこく》は卑劣《ひれつ》なスパイを送り込み、この国を侵略《しんりゃく》している」

「…………」

「政治を腐敗《ふはい》させ、発明を盗《ぬす》み、国民を従順な愚民《ぐみん》に導く。我らが同胞《どうほう》はその侵略を阻止《そし》するため、敵地で諜報《ちょうほう》活動に励み、命を落としている。『焔』の喪失《そうしつ》は、我が国に多大な影響《えいきょう》を及《およ》ぼした」

『焔』の名前を出されると、口答えしにくい。

それを見抜《みぬ》いて、室長は名を出したのだろうが。

彼は更《さら》に一冊、分厚いファイルをテーブルに載《の》せた。

「特に、この任務を達成できるのは――キミだけだ」

その書類は仰々《ぎょうぎょう》しく、漆黒《しっこく》の紙と紐《ひも》で綴《と》じられている。

厄介《やっかい》な任務であることは、見る前から分かった。

「『灯』の未熟も、現状、キミのワンマン体制も仕方ないと承知している」

「…………」

「しかし、この痛みに満ちた世界は、キミたちの成長を待ってくれない」

「…………」

「無言で不服を主張するな」

クラウスはそのファイルを掴み、パラパラと軽くめくる。百枚近くページがある。十秒とかからず最後のページまで辿り着くと、ファイルを破り引き裂《さ》いた。

室長が眼光を光らせる。「拒否《きょひ》する気か？」

「見ての通りだ」クラウスが答えた。

「なにが？」

「もう覚えた」

室長の瞳に僅《わず》かな驚愕《きょうがく》が窺《うかが》えた。

クラウスは息をついた。

「引き受けるしかないんだろう？　『焔』が愛した国民を守るためには」

何度も師匠《ししょう》から教わってきたことだ。

引き受けたくない事情があろうと、それが私情である限り排さなくてはならない。

この世界を変えられるのは、スパイだけなのだから——。

陽炎パレスに帰着したのは、深夜だった。

内閣府のある首都とは距離《きょり》があるので、どうしても遅《おそ》い時間となる。

玄関《げんかん》以外に電気は灯《とも》っていない。少女たちは就寝《しゅうしん》したようだ。時計は深夜十一時を指していた。年頃《としごろ》の少女が寝《ね》るには早い。どうやら自分が不在でも訓練に努め、疲《つか》れていたようだ。広間には、無数のスパイ道具が散らばっている。

自室でネクタイを緩《ゆる》めていると、部屋がノックされた。

「ボス、紅茶をお持ちしました……」

静淑《せいしゅく》な声。

扉《とびら》を開けると、トレイにティーポットを載せた少女がいた。

赤髪のボブカットの少女だ。スレンダーな身体《からだ》つきをしており、とにかく四肢《しし》が細い。精巧《せいこう》なガラス細工のようだ。手荒《てあら》く扱《あつか》えば壊《こわ》れかねない。そう感じさせる。

名は——グレーテ。

「ありがとう。しかし、わざわざ起きる必要はなかったよ」

「ボスのためですから……」

「何度も言っているが、その呼び名はやめてくれ」

とにかく落ち着かない。

自分の中で「ボス」と呼ばれるべき存在は、ただ一人。『紅炉《こうろ》』のコードネームを持つ先代のボスだけだ。

グレーテはその言葉には返さずに、紅茶の支度《したく》を始めた。温まっているティーカップに、ポットから紅茶を注いでくれる。無意識に毒を盛っていないか確認《かくにん》するが、そんな素振《そぶ》りはない。本当に善意でやってくれたようだ。

彼女は部下であって、家政婦でないのだからそこまでしなくていい。

そう何度も伝えているが、彼女は聞く耳を持たなかった。

「……旅行先で、香《かお》り高い紅茶があったので、ぜひボスに、と」

「良質な茶葉だな。高かったんじゃないか？」

「……ボスに振《ふ》る舞《ま》う紅茶に安物は使えません」

「そうか、ありがとう」

クラウスは、てきぱきと支度をする少女を観察した。

彼女が自分に親身に接するのは、今に始まった話ではない。前回の任務の最中でも、彼女はやけに自分を慕《した》う素振りを見せた。

（分からないな。僕は、彼女に好かれる行為《こうい》をしただろうか？）

彼女がどうして親しげに接するのか。
思い出す——彼女の態度が変わった日を。

◇◇◇

ドラマチックなイベント——という程《ほど》ではないが、印象的な出来事ならばあった。

生物兵器奪還《だっかん》任務の前だ。

重大な任務に向けて、クラウスもまたトレーニングを行った。肩慣《かたな》らしと遊び心も合わせて、別人に変装をして「クラウスを訪ねてきた同僚《どうりょう》」という設定で陽炎パレスを訪問した。まったく気づかない少女たちに「クラウスは高級ワインを与《あた》えると、泥酔《でいすい》する」と嘘《うそ》を信じ込ませ、ついでにリリィから「先生が保管する缶詰《かんづめ》を日夜盗み食いしている」という証言を得た。減っているとは思っていたが、やはりコイツだったか。

一通り少女たちを欺《あざむ》き、変装を解くと、シャワーを浴びたくなった。

慣れない服を纏《まと》い、汗《あせ》をかいていた。浴室に向かった。

陽炎パレス内には、大浴場と浴室がある。前者は少女たちが、後者は自分が使用する。

扉を開ける前に、脱衣《だつい》所に人がいると予想できた。なんとなく。

ノックするか。そう手を伸《の》ばし、止《や》めた。

少女たちには浴室を使う理由がない。自分を襲撃《しゅうげき》する算段だろう。ならば、気づかぬフリが礼儀《れいぎ》か。そう考え、扉を開けた。

グレーテが立っていた――裸《はだか》で。

「ん？」

「えっ」

彼女は咄嗟《とっさ》にバスタオルを摑《つか》んで、しゃがみこむ。だが手遅《ておく》れだ。彼女の一糸纏《まと》わぬ姿は既《すで》に目撃していた。透《す》けるような白い肌《はだ》やしなやかに伸びた脚《あし》。普段《ふだん》は隠《かく》されている部分までもが目に飛び込んでくる。反射的に、美しいな、と呟《つぶや》いた。

「大胆《だいたん》な色仕掛《いろじか》けだな。まず、その勇気を褒《ほ》めておこう」

感心しつつ、襲撃に身構える。

しかし、どこからも少女が出てくる気配はなかった。

「……ボス」グレーテはバスタオルを抱《かか》えたまま、涙目《なみだめ》になって震《ふる》えている。

なにかがおかしい。

すぐに判断し、脱衣所から退出した。

その日以降、グレーテの態度は変わり始めた。

◇◇◇

（……振り返っても謎《なぞ》だ。好かれる要素がない）

事故とはいえ、裸を見られたのだ。嫌悪《けんお》感を抱《いだ》くのが自然。あるいは、関係が気まずくなるものだろう。しかし真逆の結果なのはなぜだ。裸を見せた相手に、責任を取ってもらうということか。それは性に対する価値観が前時代的というか、かなり歪《ゆが》んでいる。

「本日は御《ご》帰宅が遅くなりましたね……明日は、ゆっくりできそうですか？」

回想に耽《ふけ》っていると、グレーテが声をかけてきた。

「いや、難しいな。大きな任務を引き受けたし、報告書の書き直しも命じられた」

「書き直し……？　ボスともあろう方が？」

「僕が引き受けるのは、一度他人が失敗した任務が多いからな。今後の対策として詳細《しょうさい》な記載《きさい》を求められるんだ」

「さすがボスですね……」

「『なんとなく成功させた』と提出したら、ふざけるな、と」

グレーテは「あぁ」と哀《かな》しげな声をあげた。

クラウスの苦手分野だった。

彼は自身の行動を具体的に説明できない。人がシャツの着方やボタンの掛《か》け方をうまく語れないように、彼はスパイに携《たずさ》わる技能を人に教えられない。僕を倒《たお》せ、という前代未聞な訓練方法はそれが理由だ。

もちろん報告書には、最低限の情報は羅列《られつ》したし、大まかな出来事は記した。しかし、具体性を求められると、感覚的に答えてしまう部分が多くなる。

その結果、仕事を溜《た》めてしまった。

しばらく休息は取れそうにない。

グレーテは何か言いたげな表情を浮《う》かべた。

「ボス……」

「なんだ?」

「よろしければ、胸に抱かせてください……」

「よろしくあるか」

いきなりなんの提案だ?

訳が分からないでいると、グレーテは両腕《うで》を大きく横に広げた。

「そう恥ずかしがらず……存分にわたくしに甘えていただければ」

「頭でも打ったか？」

アプローチが激しい。

仲間から変なことを吹《ふ》き込まれたのだろうか。

「一応聞くが、色仕掛けの訓練か？」

「いえ、ボスを欺く気は毛頭ありません……」

彼女は残念そうに顔を俯《うつむ》けた。

「ただ、休息をとってほしくて……」

「休息？」

「……前回の不可能任務の成功も、ほとんどボスの働きです。それだけでなく今も、任務も雑務も、わたくしたちの教育まで全《すべ》て一人でこなして……」

前回の任務とは、生物兵器の奪還のことだろう。

計画通りとはいえ、彼女たちは敵に泳がされるがままに行動した。一流のスパイとの実力差は依然《いぜん》として存在する。彼女たちは囮《おとり》として行動し、結局、クラウスがほぼ独力で解決する手法を取った。

「疲れ、等、も」グレーテが息を呑《の》んだ。「溜まっているのでしょう……」

『等』を強調させた言い方だった。

触《ふ》れない方が身のためだろう。

「気遣《きづか》いは嬉《うれ》しいが、今は訓練に集中してくれ。さしあたり僕を襲《おそ》うことだ」

「っ！　夜這《よば》いのお誘《さそ》い……！」

グレーテの声が上ずった。

クラウスは眉間《みけん》をつねった。

「グレーテ、次に僕の部屋に来る時は、別の奴《やつ》を連れてこい」

「っ！　複数で……！」

「僕一人ではツッコみきれない」

改めて思うが、このチームには変なやつが多すぎる。

グレーテが去ったことを確認して、息をつく。

部屋にはティーポットが残されていた。中身は、なみなみ入っている。

彼女が運んできたのは、ちょうどクラウスが喉《のど》の渇《かわ》きを感じたタイミングだった。まるで願望を見透《みす》かされているようだ。優《すぐ》れた観察眼がなくては、こうはできない。

紅茶の香りが漂《ただよ》う一室で、少女が残した言葉を考える。

（疲労《ひろう》か……）

室長には顔色がマシになったと言われたが、彼の発言は信用ならない。

自分を慕う彼女の発言を一考すべきか。

指で頬《ほお》に触れる。

普段よりハリが弱い。筋肉が疲弊《ひへい》している。人より使用頻度《ひんど》の少ない表情筋でさえ。

（彼女の言う通り、休息を取るべきか。しかし、自分には――）

壁《かべ》に視線を移す。そこには、ある武器が飾《かざ》られていた。

スパイに似つかわしくない長大な道具。東洋の品だ。弓なりに曲がるそれは、戦闘《せんとう》の達人が用いると抜群《ばつぐん》の威力《いりょく》を発揮する。

刀。師匠《ししょう》であるギードの武器だ。今となっては形見でもある。

――守り抜《ぬ》け。今度こそ。

彼の遺言《ゆいごん》だ。

父親のようでもあり、親友のようでもあり、家族だった男。

（僕の心配よりも、彼女たちの成長を優先すべきだな……）

脳裏《のうり》にあったのは、室長から渡《わた》された任務だった。

『暗殺者殺し——それが今回の任務だ』

クラウスが追加で受け取ったのは、政治家の資料だった。

世界中で反帝国《ていこく》派の政治家が不慮《ふりょ》の死を遂《と》げている。死因は転落死。自殺を仄《ほの》めかす遺書も残っているが、偽造《ぎぞう》の可能性が高い。何者かに自殺を強要されたのだろう。

『ターゲットの名は「屍《しかばね》」——と私が今名付けた。死人のような外見らしい』

大仰《おおぎょう》な名前をつけたものだ。

『ディン共和国でも、二週間前、政治家が亡くなった。飛び降り自殺。やつの仕業《しわざ》と見るべきだろう。とうとう我が国にも侵入《しんにゅう》したようだ』

まるで子供のイタズラに呆《あき》れるように、室長は余裕《よゆう》をもって息をつく。

『第一課のチームが「屍」を追った情報だ。大切にしてくれ』

クラウスは頷《うなず》いた。

次に告げられる言葉は予想がついた。

『この情報を摑んだ同胞《どうほう》は殺された。引き継《つ》いだ人間も殺された。つまり、これは不可能任務に分類される』

続行不可能と判断された任務——不可能任務。

任務の性質は、スパイというより秘密警察。国内の防諜《ぼうちょう》か。

さらに資料を見た限りでは――。

『前回の不可能任務よりも難易度は上回る』

クラウスも同意できる事実だった。

『優秀《ゆうしゅう》な同胞が何人も殺された。超《ちょう》一流の暗殺者に違《ちが》いないし、暗殺を手引きする仲間がいるだろう。それに知っての通り、キミの情報は帝国に流出している。キミが表立って動けば、「屍」は雲隠《くもがく》れしてしまうだろう』

最後に室長は告げた。

『少女たちを参加させろ。独力では無理だ』

室長の言葉が耳にこびりついた。


対外情報室での一幕を振《ふ》り返り、クラウスは息をついた。

読まされた資料を今一度思い出しながら、計画を練る。室長の脅《おど》しはハッタリではない。

規模こそ小さいが、純粋《じゅんすい》な難易度は前回の生物兵器奪還《だっかん》よりも上回る。

かなり厳しい状況《じょうきょう》を覚悟《かくご》しなければならない。

問題は、少女たちを参加させるかどうか――。

（いや、『屍』に殺されるかもしれない……やはり僕一人で挑《いど》むべきだ）

戦闘、読み合い、欺《あざむ》き合いで敵に劣《おと》る気はしない。

しかし、どれほど自信があろうと、自分の身体《からだ》は一つだ。あらゆるリスクには対応できない。少女を守り切れる保証はない。

(アイツらが成長してくれれば、話は別なんだがな……)

それは空しい願望だろう。指導する教官が断言するのだから間違いない。

なんにせよ、もう少し情報をかき集めてから判断したいところだが——。

『だがその前に、別の任務も任せたい』

室長からは、違うミッションも与《あた》えられていた。

(あの古狐《ふるぎつね》め)

悪態をつく。

現役《げんえき》で最前線に立っていた頃《ころ》は、相当のやり手だったに違いない。あの猛禽《もうきん》類のような眼光でターゲットを恫喝《どうかつ》している様が目に浮かぶ。

つまるところ方針は一つだろう。

簡単な任務を迅速《じんそく》に終わらせて、『屍』殺しに備える。

自分の疲労など取るに足らない問題だった。

任務を授《さず》けられた翌朝、また少女たちに罠《わな》を仕掛《しか》けられた。

廊下《ろうか》に出た時、なぜか仔犬《こいぬ》がいた。少女の一人が飼っている品種だ。逃《に》げだしたか。そう感じ手を伸《の》ばしたところで、仔犬はさっと身を引いて逃げていく。その仔犬を追うと、物置部屋に辿《たど》り着いた。五人の少女が待ち構えていた。襲い掛かられる。

「お遊びにもならないな」

それを簡単にあしらう。

物置部屋を出ようとした時、ドアノブに罠が仕掛けられていることに気が付いた。死角に針。迂闊《うかつ》に握《にぎ》ってしまえば、指先を傷つける。

ハンカチで指を保護して摘《つま》み上げると、何か塗《ぬ》られていた。

毒――このチームの毒使いと言えば、一人、思い浮かぶ少女がいた。

「リリィ、お前か」

ひゃん、と奇妙《きみよう》な声が聞こえた。

扉《とびら》が開いて、怯《おび》えた表情のリリィが顔を覗《のぞ》かせる。

「バ、バレました……？　油断したところに、罠を張ったつもりなんですが――」

「単純すぎる」毒針を彼女に返した。「熟練のスパイは悪意に敏感《びんかん》だ。この程度の罠は、僕でなくとも、なんとなく気づいてしまう」

「むぅ、これでも成長したと思ったのに……」

「解毒剤《げどくざい》を忘れない程度には、か？」

「ふふーん！　最近は十回に一回しか忘れませんよ！」

一回あることが問題なのだが。

やはり任務に挑ませるのは不安が残る。

「ついでだ」ふと閃《ひらめ》いて、彼女の肩《かた》を叩《たた》いた。「ちょっと、ついてこい」

きょとんとした彼女を引き連れて、陽炎パレスの敷地《しきち》から出る。

街の一角に駐《と》めてある乗用車に乗り込むと、リリィを助手席に座らせた。そのまま車を走らせて、高速道路に向かう。道中、確認《かくにん》しておきたい事柄《ことがら》があった。

「えっ、なんですか、強引《ごういん》に。もしかして、これがドライブデートという――」

「お前たちは、任務に参加したいか？」

混乱するリリィの声を遮《さえぎ》る。

高速道路に入り、周囲に人影《ひとかげ》がなくなった辺りで切り出した。

「参考までに聞いておこうと思ってな。お前たちは現状をどう感じているんだ？」

「それは、もちろん――参加したいですよ」

リリィは勘違《かんちが》いを悟《さと》ったのか、恥《は》ずかしそうに頬を掻《か》いた。

「死にたくない、っていうのは大前提ですけどね。みんな、スパイとして活躍《かつやく》するために訓練し、今だって先生を倒《たお》そうと頑張《がんば》っていますもん。わたしだって世界に轟《とどろ》く名スパイになって、ちやほやされたいです」

「そうか」

「それに、成功報酬《ほうしゅう》がないとお給料だって下がるんじゃ……」

「その心配は要《い》らない。僕単独で達成した任務でも、成功報酬は等分している」

「えっ？　それなら、わたしはこのままサボりでも全然だいじょ痛ぁっ！」

ハンドルを握ったままで、彼女の額を指で弾《はじ》いた。

「ちやほやされたい願望はどこに消えた？」

「だって！　何もせず寝《ね》ているだけで、お金がたくさんもらえて、名スパイ扱《あつか》いされて、崇《あが》められるのが理想じゃないですか！」

「欲望《よくぼう》を垂れ流すな」

「でも——それが叶《かな》わないなら、やっぱり任務に挑戦《ちょうせん》したいですよ」

リリィは声量を抑《おさ》えて呟《つぶや》いた。

「わたしたちだって、スパイですもん。世界を変えたいです」

その声には普段《ふだん》の軽薄《けいはく》な色はなく、深い感情が込《こ》められていた。リーダーに指名されて、無邪気《むじゃき》に喜んでいた時とは違う。横目で確認できる表情からは、使命感が窺《うかが》えた。

「――極上《ごくじょう》だ」

辿り着いたのは、首都と港町の境にある地方都市だった。

二つの街を繋《つな》ぐ鉄道の沿線上にあり、人口が数万人を超《こ》える程度の街だ。規模こそ小さいが、駅周辺には無数の商業ビルが建ち並び、繁華街を形成している。

「続きは、任務が終わったあとに話そう」

クラウスが車から降りると、リリィの表情がぱっと華《はな》やいだ。

「えっ、さっそく任務に参加させてくれるんですかっ？」

「その通りだ。お前は一時間街を散歩し、飲み物を購入《こうにゅう》して車に戻《もど》ってこい」

「了解《りょうかい》です。で、その後は？」

「帰宅する」

「へ？」リリィが口を開ける。

「ターゲットとの接触《せっしょく》は、僕一人で十分だ」

彼女を車に乗せたのは、落ち着いて会話をするためだ。陽炎パレス内では、ここ最近、中々時間がとれない。

「それは任務じゃなくて、お使いですっ！」

リリィの不満を無視して、クラウスは髪《かみ》を後方で縛《しば》り上げ、任務の即応態勢をとった。


室長に任されたのは、国内に潜《ひそ》むスパイの摘発《てきはつ》。

任務の内容はシンプル。

他のスパイチームが得た情報を基に、ターゲットを捕縛《ほばく》するだけ。

ただ、相手は熟練のスパイ。帝国を信望する政治家に資金を援助《えんじょ》し、港湾《こうわん》開発の妨害《ぼうがい》を目論《もくろ》んでいる。同胞が二度捕縛を試みたが逃げられ、自分に回ってきた。

集合住宅の一室が今回の潜伏《せんぷく》先。クラウスは水道業者に扮《ふん》して訪問したが、相手は襲撃《しゅうげき》を察知していた。同胞のミスだろう。室内に罠を仕掛けられていた。相手はクラウスを逆に捕《と》らえ、情報を吐《は》かせたかったに違いない。

その罠を切り抜《ぬ》けて、敵と交戦になる。

幸い、いくら暴れても問題ない環境《かんきょう》だった。両隣《りょうどなり》の部屋の住人は不在。管理人いわく両部屋とも旅行に出かけているという。心置きなく闘《たたか》える。

師匠譲《ししょうゆず》りの格闘術《かくとう》で叩き伏《ふ》せるまで、そう時間はかからない。

「お前、この街に仲間はいるか……？」クラウスはナイフを敵の喉元《のどもと》につきつける。

「……………」男スパイは無言を貫《つらぬ》いた。

「いない、か。なら一安心だ」

「……っ」

敵の反応でなんとなく真実を察する。

どうやら、この街には彼の仲間はいないようだ。

「伝えておくと、他の街の仲間も摘発されている。くだらない誤魔化《ごまか》しはやめておけ」

国内に潜むスパイ網《もう》の摘発は、一斉《いっせい》に迅速に行う。

途中《とちゅう》で摘発の情報が漏《も》れ、相手に逃げられては敵《かな》わない。

「襲撃を察知した理由はなんだ？　おそらく――か」

相手は沈黙《ちんもく》を貫き通したが、その表情で全《すべ》てを把握《はあく》する。疑問は氷解した。

これで任務は完了《かんりょう》だ。

クラウスは同胞《どうほう》に連絡《れんらく》を入れて、身柄《みがら》を引き渡《わた》した。背広姿に着替《きが》え直して、部屋を出た。

クラウスは事後処理は他チームがやってくれる。今回はもう帰って報告書を作成するだけだ。

クラウスは自身の手をじっと見つめた。

(やはり筋肉が重たい……)

追い詰《つ》められた相手は、毒薬を飲もうとした。微量《びりょう》と言えど、口に含《ふく》ませてしまった。

一歩間違えば、貴重な情報源であるターゲットを死なせた可能性がある。

連続無休の影響《えいきょう》が出始めた頃かもしれない。

(時間はないが、リリィに詫《わ》びも兼《か》ねて、レストランでも——)

そう思い始めた時だった。

——発砲音《はっぽう》。

数瞬《すうしゅん》後に、悲鳴。

街から聞こえてきた。

反射的に顔を上げる。この地方都市には、いくつかのギャングが存在するが、抗争《こうそう》が行われる情報は入っていない。自暴自棄《じき》になった敵スパイの暴走？　だが、先ほどのスパイに、仲間はいないはずだ。

正体不明の銃声《じゅうせい》。

なにより、あの悲鳴の主はリリィだった。

彼女が何かに巻き込まれた——？

(疲労《ひろう》を言い訳にはできないな……)

幸い、装備はほぼ完全な状態だ。銃も携帯《けいたい》しているし、他のスパイ道具も身に着けている。相手は運が悪い。

(僕の仲間に手を出して、ただで済むと思うな)

心の中で呟いて、クラウスは路地に向かって駆《か》け出した。

幸い、突然《とつぜん》街に響《ひび》いた発砲音に市民は戸惑《とまど》いを見せていなかった。

それを不思議に感じていると、路上の廃車《はいしゃ》に警察が群がっている光景を見かけた。タイヤがパンクしている。先ほどの音は、タイヤが劣化《れっか》により爆《は》ぜた音だと勘違いしたのか。警察はすぐに去ろうとしている。街は平穏《へいおん》そのものだ。

しかし、あれは間違いなく銃声だった。

何者かが意図的に警察を誘導《ゆうどう》している。

悲鳴の方向に駆けると、リリィは目立つ場所にいた。路地の中央で座り込んでいる。

――腕《うで》から出血。

彼女はドラム缶《かん》に背中を預け、右腕の応急処置をしていた。自身の制服のスカートをナイフで割《さ》いて、包帯を作っている。首筋に流れる玉の汗《あせ》が、その痛みを物語る。

クラウスが駆けつけると、彼女は路地の奥に目を向けた。

「先生っ！　わたしは大丈夫《だいじょうぶ》なので、西に！　ベージュのコートを羽織った男ですっ！」

相当深い傷をつけられたようだ。彼女の足下には、血だまりができている。

状態は気になったが、今は彼女の言う通り、襲撃者を追うべきだ。

（何者だ……？）

全力で路地を駆ける。人気《ひとけ》の無い裏路地だ。すれ違う人間はいなかった。

しかし、コートの男は見つけられない。既《すで》に遠くに逃《に》げられたようだ。

目を閉じて、耳に意識を集中させる。路地を駆ける足音は二名のみ。しかし、焦燥《しょうそう》や動《どう》揺《よう》の感情を滲《にじ》ませる足音ではない。直感的に。

足音はクラウスから遠い場所だ。メインストリートに向かっていき、他の足音と交ざっていく。これ以上聴《ちょうりょく》力で追うのは難しい。

建ち並ぶ建物の屋根にワイヤーを引っかけ、跳躍《ちょうやく》。

屋根の上まで到達《とうたつ》すると、辺りに視線を飛ばした。

ベージュのコートを羽織った男の姿はない。

逃げる素振《そぶ》りのある男も、尾行《びこう》を警戒《けいかい》するような素振りのある男も。

既に路地では、あらゆる人の気配が消えていた。

（逃げられたか……？　いや、何か違和感《いわ》があるな）

その引《ひ》っ掛《か》かりを掴《つか》めないが、一度諦《あきら》めるしかない。

元の場所に戻ると、リリィは応急処置を済ませていた。

腕に包帯を巻き終えて、汗も引いている。

「あ、先生。敵はどうでした？」

やけに軽い口調だった。

「すまない。残念ながら、取り逃がしたようだ」

「えっ、先生でもっ？」

「信頼《しんらい》は嬉《うれ》しいが、場所が悪すぎたよ」

あまり主張すると言い訳じみてくるが、さすがに無理だ。

襲撃が起こった時点で、現場とは離《はな》れた場所にいたのだ。駆けつけた時に姿を消されていたら、手の出しようがない。

「………………」

しかし、リリィは不思議そうに黙《だま》っている。

「なんだ？　失望させたか？」

「あ、いえ、ただ先生が自信満々に敵を追いかけたので、ちょっと意外で……」

「自信満々？」

自分は、そんな態度を見せていただろうか？

だとしたら相当恥《は》ずかしい。

「――いや、今は襲撃のことはいい。腕の治療《ちりょう》が先決だ」

「あ、そうですね」

後でリリィに詳細《しょうさい》を尋《たず》ねておこう。対外情報室が知っているかもしれない。これが「屍」に関係しているのなら、面白い展開だが――。

クラウスが病院の方に歩きながら、考えを巡《めぐ》らせていた時だった。


えい、と声がした。


振《ふ》り返ると、奇妙《きみょう》な光景が広がっていた。

分からなかった。

なぜ目の前の出来事が引き起こされているのか。

リリィがクラウスの腕に毒針を突《つ》き立てていた。

しかも、怪我《けが》しているはずの右腕で。

全身に悪寒《おかん》がはしる――。

その後で燃えるように身体《からだ》が熱くなり、汗が噴《ふ》き出した。

リリィの毒針の効果だろう。凄《すさ》まじい即効性《そっこう》。

毒のスペシャリスト『花園《はなぞの》』のリリィが作り上げる秘毒――。

「なぜ……？」震《ふる》える唇《くちびる》で尋ねた。

「えっ、先生が言ったんじゃないですか？」

視界の先では、リリィが首をかしげている。

「『次に会った時、鎮痛剤《ちんつうざい》として毒針を打ち込め』って」

当然言った記憶《きおく》はない。

「鎮痛剤……？」

「だって、先生の右腕は出血していて……」

出血？　そんなはずがない。右腕を怪我していたのは、リリィのはずだ。

それ以上言葉を聞いていられず、リリィにもたれかかった。

足に力が入らなくなっている。頭が目まぐるしく重たい。

彼女は慌《あわ》てた声をあげて、クラウスを抱《だ》き留めた。自らの過《あやま》ちを悟《さと》ったようで、目を白黒させている。

その混乱の最中《さなか》、ようやく抱《いだ》いていた違和感が繋《つな》がった。

「――極上《ごくじょう》だ」

リリィの腕に摑まって、そう言葉を吐《は》き出した。

やはり彼女の腕には、怪我の痕跡《こんせき》がない。

「なるほど。素晴《すば》らしい手段だな。発砲後、僕に怪我を訴《うった》えたリリィと、今ここにいるリリィは別人か」

「へ……？」

「更《さら》に言えばリリィ。今ここにいる僕と、そして、右腕から出血し『毒針を刺《さ》せ』とリリィに命令した僕も別人だ」

考えうる可能性は一つだ。

「僕たちは二人いる」

その鮮《あざ》やかな手口に惚《ほ》れ惚《ぼ》れする。

リリィを完全にコントロールしたのだろう。

敵はクラウスになりすまし、右腕の怪我を見せ、リリィに悲鳴をあげさせた。その後は適当に言い伏《ふ》せたのだろう。『右腕に包帯を巻き、再会したら毒針を刺してくれ』と。敵はそうやってリリィを欺《あざむ》き終えると、自信満々にその場を去り、次はリリィに変装し、クラウスと接触《せっしょく》した。

流れるような計算、そして、並外れた変装技術――。

こんな芸当をできる人間は一人しか知らない。

静淑《せいしゅく》な声がした。

「……想定通りです」

振り返る。

そこにいたのは、もう一人のリリィ。右腕についた血液を拭《ぬぐ》い、微笑《ほほえ》みを浮《う》かべる。

「ボスは罠《わな》に敏感《びんかん》です……悪意や殺気は、確実に気づきます……」

今朝の一幕も見ていたのだろう。

ドアノブのトラップを察知し、回避《かいひ》するクラウスの姿を。

「なので、リリィさんを操《あやつ》り、善意の毒針を打ち込みました」

もう一人のリリィは、自身の顔を指で触《ふ》れる。

「コードネーム『愛娘《まなむすめ》』――笑い嘆《なげ》く時間にしましょう」


その名乗りと共に、彼女は左手でリリィの顔を剝《は》ぎ取った。

マスクの下にいたのは、赤髪《あかがみ》の少女。

――変装のスペシャリスト、グレーテだった。

◇◇◇

スパイの世界では、変装はありふれた工作だ。

架空の別人に変装する技術は誰でも身に付けている。カツラ、サングラス、化粧《けしょう》――それらをうまく用いれば、難しいことではない。

しかし、実在する他人に変装する場合は別だ。難易度は別次元だ。

まず、顔の全面を覆《おお》う樹脂《じゅし》製のマスクを用意し、そこに色付け、肉付けする。

求められるのは、卓越した観察力。

他人の姿を、仕草を、声を、完璧《かんぺき》に真似《まね》するのは、一流のスパイでも困難な技術。

しかし『灯』のメンバーを集める際、クラウスは養成学校で聞かされた。

類《たぐい》まれな変装の技術がありながら、実力を発揮できない少女がいる――と。

◇◇◇

（いや……どう考えても、彼女は十全に実力を発揮しているのだが）

情報との食い違《ちが》いに戸惑《とまど》う。

クラウスは特別な指導をしていない。彼女がどんな事情を抱《かか》えていたかは分からないが、
自分で乗り越《こ》えたのか。それとも、教官の目が節穴だったのか。

「……とうとう追い詰《つ》めました」

グレーテが嬉しそうに微笑む。手には、カツラと破り捨てたマスク。

彼女の技術は、見るたびに驚《おどろ》かされる。

彼女は今さっき完全にリリィだった。外見、声、仕草を完璧にコピーしている。

クラウスがその変装を見落とした理由は、彼女の技術の高さ――だけでなく、傷だ。

あまりに生々しく、滴《したた》り落ちる血。

血は本物だろう。錆《さ》びた鉄の匂《にお》い。輸血用のものを使用したか。仲間の流血を見て、動揺しなかったと言えば嘘《うそ》になる。クラウスの弱点が見抜《みぬ》かれている。

「…………」

クラウスは悔《くや》しそうな演技を続けながら、さりげなくリリィの服に手を伸《の》ばした。事前に告げられた情報が正しいなら、解毒剤《げどくざい》を忍《しの》ばせているはずだ。

「解毒剤はねぇよ」しかし、背後から凛然《りんぜん》とした声が聞こえてきた。「――もう盗《ぬす》んだ」

裏路地から、別の少女が顔を出している。

『灯』の一員、白髪《はくはつ》の少女、ジビアだ。

彼女の宣言通り、リリィの身体のどこにも解毒剤はなかった。

そして、ジビアに続くように、続々と他の少女も現れた。武器を片手に、クラウスを包囲するように立つ。チーム全員の少女八人が路地に集《つど》う。おそらく先ほどメインストリートに紛《まぎ》れていった足音も、別の少女が演じていたか。

彼女たちは各々《おのおの》「さすがグレーテの計画ね」「俺様も凄《すご》いと思いますっ」などとグレーテに賞賛の言葉をかけている。

その様子にキョトンとしていたのは、リリィだった。

「え。わたし、何も聞いていないんですけど」

「……事前に伝えていたら、ボスに情報が漏《も》れていたので」

「納得《なっとく》できるので反論できないっ」

リリィはそっとクラウスの身体を地面に座らせた。

石畳《いしだたみ》に腰《こし》をかけるクラウスを囲むように、少女たちは並び、勝ち誇《ほこ》った表情を見せている。この時を待っていたかのように。

ふふ、と嬉《うれ》しそうにグレーテは微笑んだ。

「這《は》いつくばるボスも魅力《みりょく》的ですね……膝枕《ひざまくら》が似合いそうです……」

クラウスは首を横に振った。

「お前に、そんなサディスティックな一面があるとは知らなかった」

「ボスはマゾヒストだと推測しています……」

「そういう意味で『襲《おそ》え』とは言ってない」

「自分を追い込みすぎですよ……」

グレーテは口にした。

「……本調子のボスならば、傷ついたリリィさんを見て、変装を見抜いたでしょう……」

「…………」

「三か月前に『焔』を失って以来、ボスは多くを成し遂《と》げました。『灯』のメンバーを選《せん》抜《ばっ》し、自身が休息を捨てるような訓練を部下に命令させ、不可能任務を成功させた。その後も、未熟なわたくしたちのため休暇返上《きゅうかへんじょう》で働いていらっしゃいます」

「そんな気もするな」

「最後に休みを取ったのは、いつですか……？　十日前ですか？　まさか百日前ですか？」

隠《かく》し立てできない圧があった。

少女たちは知らないことだが、『焔』を失う直前までは、単独で特別任務に就《つ》いていた。それを含《ふく》めればかなりの日数となる。

「四百六十五日前だ」

「「「「うわぁ……」」」」

何人かの少女のリアクションが重なった。

約十五か月間。休暇を取らず、任務と訓練に明け暮れていた。

「アンタ、バカじゃねぇの？」とジビアにツッコまれる。

グレーテが息をついた。

「……無茶ですよ。常人なら血を吐いて倒《たお》れる水準です」

彼女の言葉に、他の少女も続いた。『自分たちも頼《たよ》ってくれ』『安心して休むといい』と、そんな主旨《しゅし》の言葉が、いくつもあがる。

やはり彼女たちも現状に疑問を感じているようだ。

だからこそ力を示すために、連携《れんけい》と技術を見せつけてきた。

「…………」

クラウスは返答が浮かばなかった。

「一人で抱え込まないでください……」グレーテは微笑んだ。「もうボスには、わたくしたちがおります……たっぷり甘えてください」

グレーテはそっと懐《ふところ》から銃《じゅう》を取り出した。小ぶりの自動拳銃《けんじゅう》だ。

「さぁ『降参』の宣言を……」

その銃をカシャリとスライドさせて、クラウスの額に銃口を押し当てる。

「――そして、どうか、今晩からはわたくしの胸でお休みください」

慈愛《じあい》に満ちた笑《え》みだった。

女神《めがみ》のような、温かみのある穏《おだ》やかな瞳《ひとみ》をしていた。

クラウスは両手をあげた。無抵抗《むていこう》を示すように。

「お前たちの想《おも》いは受け取った」

グレーテは頬《ほお》を緩《ゆる》ませた。「はい……」

「確かに、僕は疲《つか》れている。不可能任務を終えても休暇は一日も取らなかったし、特に、この二週間は任務が連続し、任務の合間にはお前たちとの訓練があった。さすがの僕だって体力は無尽蔵《むじんぞう》ではない。これが疲労困憊《ひろうこんぱい》という状況《じょうきょう》なのだろう」

「ええ、だから——」

「だが、ところで——」

クラウスは告げた。

「——このお遊びには、いつまで付き合えばいい？」

「え……」

クラウスは地面に這うように倒れた。

銃口から離《はな》れると共に、脚《あし》を大きく伸ばしてグレーテの足を払《はら》う。

その俊敏《しゅんびん》な動きにグレーテは反応できなかった。元々格闘《かくとう》が得意なタイプではない。彼女が体勢を整える頃には、形勢は逆転している。

彼女の喉元《のどもと》に、クラウスの貫《ぬ》き手が当たっていた。

「——極上《ごくじょう》だ」

ほんの少しでも動けば、爪《つめ》で頸《けい》動脈を裂《さ》く。

そう脅《おど》すように、彼女の細い首を指で触れた。

他の少女は呆然《ぼうぜん》と立ち尽《つ》くしている。

「敵意のない毒針──見事だな。その発想をまず褒《ほ》めておくよ」

クラウスの身体《からだ》からは、毒は抜《ぬ》けている。

会話を引き延ばしている間に、体調を取り戻《もど》せた。

「ごめんなさい……」リリィが申し訳なさそうに呟《つぶや》いた。「毒針を完全に刺《さ》せなかったんです。掠《かす》ったので、微量《びりょう》は盛れましたけど、血管には到達《とうたつ》してなくて……」

彼女に批難される謂《いわ》れはない。何も聞かされず、利用されただけなのだから。

グレーテは目を丸くし、固まっていた。

「どうして回避《かいひ》を……」舌が回っていない。「攻撃《こうげき》を読めるはずが……」

「読めていたよ」

クラウスは彼女の首から指を離した。

「お前の言う通り、一流のスパイは、悪意や敵意に敏感《びんかん》だ。善意の攻撃が有効なのは間違いない。しかし、事前にあれだけ不審《ふしん》な点が散見していれば、警戒《けいかい》もする」

「事前に予測……？」

「人払《ひとばら》いが露骨《ろこつ》すぎた」

クラウスは、グレーテの手首を軽く弾《はじ》いた。彼女は銃を取り落とした。それを奪《うば》って、手の中で軽く回す。

他の少女が襲い掛《か》かる様子はない。彼女たちも理解しているだろう。万全《ばんぜん》の自分にただ挑《いど》んでも勝ち目はないことを。

「察した理由は、なんとなく。だが、不審な点をあげればキリがない」

解説を続ける。

「流血するリリィは路地中央、目立つ場所にいて、足下には血だまりがあった。長時間そこにいたのは確実。なのに僕以外誰《だれ》もいない。市民や警察が銃声を車のタイヤがパンクした音と錯覚《さっかく》し、誰もそこに駆《か》けつけなかったからだ。偶然《ぐうぜん》にしてはできすぎている。その目的までは不明だが、銃声とパンク音を耳で聞き分けられる人物を嵌《は》める意図は察したさ」

銃声は、遠く離れていたはずのクラウスにまで届いた。

警察や勇気ある市民は、人気《ひとけ》のない裏路地に駆けつけるだろう。しかし、パンクした車を見て足を止める。その先に進み、怪我《けが》をしたリリィを発見できるのは特別な訓練を受けたスパイだけだ。

この瞬間《しゅんかん》に、敵の狙《ねら》いは自分であると察した。

もちろん、そんなものは後付けの理由で、自分は直感で把握《はあく》したのだが。

「露骨な誘導《ゆうどう》に気が付けば、自然と警戒する――」

クラウスはハッキリと告げた。

「――今日、僕と闘《たたか》ったスパイもそうだった」

相手は、両隣《りょうどなり》の住人が同時に旅行に出かけたことを不審に感じたという。杜撰《ずさん》な人払いだ。その時は同胞《どうほう》に呆《あき》れたが、今となっては他人事《ひとごと》に思えない。

同じ過《あやま》ちを犯《おか》した少女たちは唖然《あぜん》として、口を開ける。

クラウスは、少女たち一人一人に視線を飛ばした。

「仮に、今日の任務をお前たちに任せていたら、お前たちは殺されていたよ」

少女たちは気まずそうに目を逸《そ》らした。

最後、グレーテに首を向ける。彼女は顔を背《そむ》けなかったが、その表情に先ほどの覇気《はき》は無かった。

「お前たちには、極上の才能がある。いずれ花咲《はなさ》くだろう。だが現状、実力は不十分だ」

クラウスは言い残した。

「僕はお前たちを頼れない」

少女たちを置いて、そっと路地を抜けた。

その夜、クラウスは自室でため息をついた。

（アイツらを任務に連れて行くのは、まだ厳しいな……）

今日の結果を考えれば、そう判断せざるをえない。

（たとえ無理を押してでも、僕一人で挑むしかない）

それが合理的な選択《せんたく》だ。

過酷《かこく》だろうと関係がない。『屍』には一人で挑むしかないようだ。

（難しいものだ、新チームを運営するというのは……）

改めてそんな感想を抱《いだ》いた。

一日を終えても、仕事はまだ大量に残っている。そして、その中には世界最強の自分でしか処理できない任務もある。

疲労は感じているが、ここで自分が無茶をしなければ誰かが代わりに命を落とす。

（問題が山積みだな……）

――次々と降りかかる高難度任務。

――それらを安全に達成できるとは言い難《がた》い部下たち。

――着実に、そして、確実に溜《た》まり続ける自身の疲労。

――迫《せま》りくる不可能任務「暗殺者殺し」。

チーム作りを侮《あなど》っていたつもりはないが、この様だ。

戸惑《とまど》いながら正解を模索《もさく》するしかない。

導いてくれる師匠《ししょう》や自分のボスはもういない。尊敬できる仲間は失われた。

教官であると同時に、一流のスパイ。その二つを全うするにはどうするか。

(『焔』の仲間はもういない。僕が身を滅《ほろ》ぼしてでも、アイツらを……)

そんなことを考えながら、クラウスはつい目を閉じて――。


考え事をしているうちに、微睡《まどろ》んでしまった。

座りっぱなしだった椅子《いす》の背もたれから、身体を離す。

ベッド以外の場所で眠ってしまうなんて、いつぶりだろうか。少年時代に戻った気分だ。

訓練の後は、よく広間のソファで眠りこけていた。

無意識に、また過去の幻影《げんえい》に囚《とら》われている自分に気づいて首を横に振《ふ》る。世界最強のスパイを自負する人間が、そんな腑抜《ふぬ》けた男なんて冗談《じょうだん》もいいところだ。

自分を意識から引き上げたのは、優《やさ》しい草の香《かお》り。

「……グレーテ？」

「本日のお茶をお持ちしました……」

机のすぐ隣では、ティーポットが載《の》せられたトレイを持つグレーテの姿があった。

「よく眠れるよう、ハーブティーをご用意させていただきましたが。逆に起こしてしまったようですね……」

「いや、構わない。少し眠っていただけだ」

「昼間は訓練に付き合っていただき、ありがとうございました……先ほど、反省会が終わったところです……」

グレーテは手早くティーカップにお茶を注いでいく。

自分が微睡んでいたのだから、襲撃《しゅうげき》を企《くわだ》てればよかったのに。

そう感じるが、彼女にも彼女の主義があるようだ。ハーブティーに毒の形跡《けいせき》はない。

グレーテはお茶を差し出して、両腕《うで》を大きく横に広げた。

「……さぁ、最後にわたくしと抱擁を交わせば完成で――」

「それはいい」

ありがたくお茶だけをもらう。

グレーテは露骨に残念そうな視線を向けてきた。当然、クラウスは無視する。

「お前はブレないな」

もはや称賛《しょうさん》する。

昼間の敗北で諦《あきら》めてくれると思ったが、アプローチが絶えない。お茶を口に含《ふく》んだ瞬間に、喉《のど》が渇《かわ》いたことを自覚させられるタイミングの良さも見事だ。

「あえて率直《そっちょく》に聞くが」

そろそろ確認《かくにん》したかった。

「お前は、僕のことが好きなのか？」

「……っ！」

グレーテの肩《かた》が震《ふる》えた。

ずっと握《にぎ》っていたトレイを取り落としそうになり、バタバタとした動作で拾い直す。

「……さ、さすがはボス」目を丸くしていた。「……よくお気づきになりましたね」

「隠《かく》しているつもりだったのか？」

「………………………………」

しばらくの沈黙《ちんもく》があって、グレーテはぼそりと呟いた。

「……想定通りです」

「嘘《うそ》をつくな」

クールに告げられても、さすがに流せない。

スパイの恋愛《れんあい》感情は難しい問題だ。任務よりも恋情《れんじょう》を優先する者もいるし、場合によっては、弱みになる時もある。気づかないフリを続けていれば、思わぬところでトラブルが生じる。

ここはしっかり告げるべきだろう。

「グレーテ、僕は、お前の想《おも》いには――」

「返事は……」グレーテの声は震えていた。「……待ってください」

強引《ごういん》に遮《さえぎ》られる。

彼女は首を横に振っていた。

「……それは、心の準備ができておりません」

「できればハッキリさせておきたい」

「ですが……」

消え入りそうな声を聞いていると、申し訳なくなった。

スパイと言えど、相手は十八歳の少女だ。人の心に土足で踏《ふ》み込む真似《まね》は控《ひか》えるべきか。

「すまなかった。では別の機会にしよう」

「……ありがとうございます」

「ただ、公私混同は感心しない、とだけ伝えたかった。明日からはお茶を淹《い》れなくていい。お前は僕の使用人ではない。僕に気を遣《つか》わず、訓練に励《はげ》んでくれ」

グレーテは不服そうに唇《くちびる》を結んだ。

彼女の恋心《こいごころ》を丁寧《ていねい》に扱《あつか》いたい気はあるが、今の自分は手一杯《ていっぱい》だ。

教官とスパイ、それに加え、男としての責任まで背負う余裕《よゆう》はない。

「……分かりました」

やがて彼女は頷《うなず》いた。

「ですが、せめてこの報告書だけでも……」

「報告書？」

「本日、ボスが達成した任務の報告書です……」

グレーテは隠し持っていた書類を渡《わた》してきた。数枚の紙が綴《と》じられている。

「差し出がましいとは思いましたが……ボスが苦戦していると おっしゃっていたので」

「……代筆してくれたのか」

「はい……ボスの動きを見張って、書ける範囲《はんい》だけでも、と」

中身を確認する。自分の動きが事細かに記されていた。

見張られていた気配はないから、かなり遠くの距離《きょり》で双眼鏡《そうがんきょう》を用いたのだろう。これも自分の任務に迷惑《めいわく》かけないよう配慮《はいりよ》した結果か。

「もはや、さすが、という言葉しか出てこないな。お前は気遣《きづか》いがすぎる」

「……甘えたくなりましたか？」

「その問いは無視するが、礼は言うよ。ありがとう」

グレーテは丁寧に頭を下げた。

頭を下げるべきなのはこちらだが、彼女らしい。

彼女は飲み干したティーカップを片付けて、部屋から出ていこうとする。

クラウスはその部下の献身《けんしん》を労《ねぎら》い、机に向かった。休憩《きゅうけい》を取れたことで気力を取り戻《もど》せた。『屍』との闘《たたか》いに備え、自身の仕事に取り掛《か》かろうとして――


「いや、待て」


――グレーテを引き止める。

違和《いわ》感があった。

鍛《きた》え上げた直感が、その不思議な感覚に警鐘《けいしょう》を鳴らしている。

何かを見落としている。その何かを理性が強引に掬《すく》い上げる。

「だったら、お前はいつ今回の計画を立てたんだ？」

まさに今退席しようとしていたグレーテが首を傾《かし》げる。

「いつ、と言いますと……？」

「早すぎる」

クラウスは訝《いぶか》しむ視線を向けた。

「僕は、今日の任務を誰《だれ》にも伝えていなかった。お前が計画を練る暇《ひま》はなかったはずだ」

今回の襲撃は、少女たちに準備期間はなかった。

クラウスがリリィを車に乗せたのは、その場の思いつきだ。任務の内容も伝えていない。

しかし、多少の粗《あら》はあれど、グレーテを中心に連携《れんけい》を見せ、リリィを操った。

それだけでも十分評価はできるのだが、更《さら》に別の仕事も並行していた――？

グレーテは口元に指を当てた。

「そうですね……リリィさんにつけた発信機が移動したのを見て、場所を予測し、汽車に飛び乗り、状況《じようきよう》を把握《はあく》するのに時間をかけて……」

グレーテは小さく呟《つぶや》き、情報を整理する。

やがてその答えを吐《は》き出した。

「2秒……それが、今回の計画を練り上げた時間です……」

短い。

だが嘘とは思えない。クラウスが訪《おとず》れた町まで移動し、クラウスやリリィの居場所を把握する時間、人払《ひとばら》いを行う時間を考慮《こうりょ》すれば、計画を練る時間は皆無《かいむ》だろう。

圧倒《あっとう》される。

もちろん、クラウスならば同じ時間で、更にクオリティの高い計画を思いつく。しかし、それは自分が世界最強を自負するほど優《すぐ》れたスパイだからだ。

彼女の頭脳は、既《すで》に凡百《ぼんぴゃく》のスパイを超《こ》えていた。

たった二か月前まで養成学校で落ちこぼれだった少女が――。

才能だけでは説明できない成長速度。

「……褒《ほ》められることではありません」

グレーテは首を横に振った。

「事前に何百、何千とシミュレーションした一つを試《ため》しただけです……毎日ボスと闘っていれば、精度の高い想定ができます。そうして毎晩毎晩ボスを攻略《こうりゃく》する方法を練り、アイデアを溜《た》めて、そのストックから、状況に合う一つを選び取るだけです……」

「お前はそこまで……」

「当然です。想いを馳《は》せる相手が身体《からだ》をすり減らし、一人で任務に挑み、自分を頼《たよ》ってくれない。支えるどころか訓練まで付き合わせているのですよ……？」

グレーテは泣きそうな瞳《ひとみ》で告げた。

「歯がゆくて仕方ありません……想い人の負担にしかなれない無力な自分が……」

クラウスは唖然《あぜん》として見つめ返す。

その何千と繰《く》り返した計算が急成長の要因とでも？

あまりに深すぎる愛情。

クラウスには分からない。

――なぜグレーテがここまで自分に想いを捧げるのか？

その答えは、クラウスの直感でさえも摑《つか》めない。

しかし、今優先すべきは別のことだ。

「――――――」

迷いは一瞬《いっしゅん》。決断には時間はかからない。

光明が差した。

この八方塞《はっぽうふさ》がりの状況を打破する手段。

ならば、まずは彼女の誤解を解くことから始めよう。

「グレーテ」

クラウスは声をかけた。

「僕は、お前を負担になんて思っていない」

「……え」

「それどころか感謝している。『焔』の喪失《そうしつ》で生まれた心の空洞《くうどう》を埋《う》めてくれたのは、お前たちだった。本当は僕が誰よりも『灯』の存続を望んでいた」

グレーテが両眉《まゆ》をあげた。

「そうなの、ですか……？」

「あぁ、それゆえに慎重《しんちょう》になりすぎている。みっともないほどに」

臆病者《おくびょうもの》と誹《そし》られるだろう。

大切に想う。それゆえに失いたくはない。

しかし、それでも一歩を踏み出さなくてはならない。怯《おび》えるだけでは何も摑めない。

「暗殺者殺し――それが次の任務だ」

「……えっ」グレーテが目を見開いた。

「グレーテ、力を貸してくれないか？　お前が必要だ」

懸《か》けるしかない。彼女の理智《りち》さと愛情に。

チームが次の段階に進むためには、彼女の強い覚悟《かくご》が不可欠だ。

グレーテは大きく息を吸った。

「もしかして、それは……」

「なんだ？」

「……プロポーズですか？」

「違《ちが》う」

肩《かた》の力が抜《ぬ》けた。

なにをどう解釈《かいしゃく》したのか。やはり自分の気持ちをハッキリ伝えるべきか。

「……冗談《じょうだん》です」

しかし、クラウスが口を開く前にグレーテは薄《うす》く微笑《ほほえ》んだ。

「ボス、わたくしはこの恋が報《むく》われるなんて、露《つゆ》ほども期待しておりません……愛に見返りは求めません……しかし、わたくしの返答は決まっております」

静淑《せいしゅく》で、それでいて、実直な声だった。

「――喜んで引き受けます。それがアナタと、アナタの作るチームのためならば」

瞳には、迷いがない。

その愛情の根拠《こんきょ》は不明だが、言えることは一つだけだ。

「――極上《ごくじょう》だ」

「……想定通りです」

クラウスが告げ、グレーテは静淑な声で呟いた。

とにかく、ようやく新たな可能性が見いだせた。

前回をも上回る難易度の不可能任務――それを成し遂《と》げる方策は思いついている。

「四人のメンバーを選抜《せんばつ》する」

「選抜……？」

「あぁ。残念ながら、今回の任務には八人全員を連れて行けない」

クラウスは頷いた。

「現時点における――『灯』最強の四人で暗殺者に挑《いど》もう」

2章　懐柔《かいじゅう》

選抜。

クラウスの決断は、すぐに噂《うわさ》となり広まった。

グレーテだけでなく、他の少女たちも現状には疑問を感じていた。

――クラウスの超《ちょう》ワンマン体制。

ボスが命令権を独占《どくせん》するのは当然だ。しかし、任務もクラウスが全てこなすとなれば、話は別。それだけでなく、報告や経理などの細かい事務作業もまたクラウスが担《にな》い、少女たちの指導もこなしている。気が遠くなるような連続無休記録を更新《こうしん》しながら。

一つのチームとしては、あまりに歪《いびつ》な構造だった。

しかし、その意図は明白だ。

――自分たちを鍛錬《たんれん》に集中させるためだ。

無力感に苛《さいな》まれるが、解消法は一つだけだ。

――成長するしかない。クラウスに頼られるレベルまで。

そう判断して、彼女たちは訓練に励《はげ》んだ。疲労《ひろう》を溜めるクラウスには申し訳ないが、あえてその隙《すき》をつくように襲撃《しゅうげき》を企《たくら》んだ。クラウスの不在時には、筋トレ等の地道な訓練に取り組み、時には、仲間内での騙《だま》し合いに励んだ。

そして、とうとう自分たちに任務が舞《ま》い込んできたのだが――。


「四人を選び出す……当然、残った四人はお留守番ですね」

リリィが気の抜けた声でぼやく。

彼女はゴーグルを嵌《は》めて、机に向かっていた。手元にあるのは、怪《あや》しい機材の数々。そして、大量のタバコ。中身をほぐし煮沸《しゃふつ》を繰り返しニコチンを抽出《ちゅうしゅつ》する。他《ほか》にも虫や植物を砕《くだ》いて、毒を取り出し、他と調合していく。

普段抜《ふだんぬ》けているところの多い彼女だが、毒の作製にはミスがない。喋《しゃべ》りながらも、手際《てぎわ》よく、正確に進めていく。

「まぁ、妥当《だとう》っちゃ妥当だよな」

それに答えたのは、白髪《はくはつ》の少女――ジビア。

凜然《りんぜん》とした少女だ。

刃物《はもの》のような鋭《するど》い目つきと、獣《けもの》を思わせるスラリとした体躯《たいく》の持ち主。リリィと同じ十七歳で、よく彼女と連れ立っている。

彼女は、リリィのベッドで鍵《かぎ》開けの訓練に励んでいた。手元には、ピッキングツール。そして山のように積まれた数十個の南京錠《なんきんじょう》。それを片《かた》っ端《ぱし》から開けている。

「あたしらに任務を任せるのは不安。でも、このままアイツ一人で続けるのも、いつか限界が来る。だとしたら、優秀《ゆうしゅう》な四人だけを連れて行く決断は必然だよな」

「ですよねー、悪くないと言えば悪くなくて」とリリィが呟き、

「合理的と言えば、合理的なんだが」とジビアが答えた。

「でも、アレですよねー」

「でも、アレなんだよなー」

二人の不安げな声が重なる。

「「チームがギクシャクしそう……」」

これまで『灯』の少女たちは、八人全員が協力してきた。誰《だれ》もが平等に役割を担い、各々《おのおの》がその力を発揮して、訓練や任務に臨《のぞ》んだ。その働きにも不均等はなかった。

それがここに来て、四人選抜——。

「まぁ、いつかこんな日が来るとは覚悟していましたよ。二か月も一緒《いっしょ》にいれば、誰が優秀なのかは薄々《うすうす》見えてきますからね」

「ちなみに、お前の予想は？」

「もちろん、この美少女リーダーのリリィちゃんを筆頭に——」

「真面目《まじめ》に答えると？」

「……モニカちゃんが確実でしょうな」

不遜《ふそん》たる蒼銀髪《あおぎんぱつ》の少女——モニカ。

最も優秀な少女を考えると、一番に名前があがる。演技、発想力、格闘《かくとう》、射撃など全ての技能でトップクラス。「養成機関ではわざと手を抜いていた」と豪語《ごうご》する、落ちこぼれ集団『灯』の例外的存在。間違いなくクラウスに次ぐ実力者だ。

そして、ジビアやリリィと同じ実行班でもある。

「というか、絶対に外されますねっ！　わたしたち！」

「そうなんだよなぁっ！」

リリィの悲痛な叫《さけ》びに、ジビアもまた同意する。

『灯』は三つの班に分かれる。情報整理・立案・指揮を担う「情報班」、そして、情報班の命令をこなす「実行班」、そして、特殊《とくしゅ》技能で他班をサポートする「特殊班」。同じ班に絶対的なエースがいれば、二人が選ばれる可能性は薄かった。

「お、そろそろ時間だぞ。話は後だ」

「ん、料理当番ですね」

話を切り上げて、二人は部屋を出た。今日はリリィとジビアが料理当番。少女たち全員の夕ご飯を作らなくてはならない。

台所に辿《たど》り着くと、そこにはエプロン姿の茶髪《ちゃぱつ》の少女がいた。

「あれ、サラじゃん。どうした？」

「あ、当番っすか？」

茶髪の少女――サラは人懐《ひとなつ》っこい笑《え》みを見せた。

癖《くせ》の強い動物のような髪《かみ》と、おどおどした気弱さを感じさせる瞳《ひとみ》の少女だった。最近は少しマシになったが、初めて顔を合わせた時は常に泣きそうな表情をしていた。自他共に臆病と認める、守ってあげたくなる女の子。十五歳という幼めの年齢《ねんれい》もその一因か。

サラは料理当番でもないのに、なぜか包丁を握《にぎ》っていた。

「先生から『料理を作ってくれ』ってお願いされたんすよ。今、グレーテ先輩《せんぱい》と作戦会議で忙《いそが》しいようで」

理由を尋《たず》ねると、サラはそう答えた。

彼女は仲間を『先輩』と呼ぶ。養成機関に入った時期が一番遅《おそ》いのが理由。

リリィは「へーぇ、先生が料理のお願いを……」と意外そうに呟《つぶや》いた。

珍《めずら》しい。

クラウスは自分の家事を少女に任せない。少女たちはあくまでスパイチームの部下と割り切り、生活に関与《かんよ》しない。そのルールを破る程《ほど》、多忙《たぼう》ということか。

「「…………」」

リリィとジビアは視線を合わせると、二人同時に頷《うなず》いた。

「チャンスっ！　わたし、毒を持ってきますね！」

「決断が早すぎるっす！」サラが悲鳴をあげた。

「あたし、拘束《こうそく》用のワイヤー取ってくる」

「無駄《むだ》のない連携《れんけい》っ？」

早速《さっそく》計画を練り始める二人を、サラが必死に引き留める。しかし二人は一向に止まらず、自室から武器を取ってきた。

二人の思考は一致《いっち》していた。

――これが、自分たちが選出されるラストチャンスかもしれない。

「問題は、この三人でどう毒を盛るか、だな」

「いつの間にか自分もメンバーなんすね……」

サラが呆《あき》れ顔をする。逆らっても無駄だろう、という諦念《ていねん》が瞳に浮《う》かんでいた。

三人は食材を並べて、台所に立った。

「これまでの失敗を挙げると、」リリィが麻痺毒《まひどく》の小瓶《こびん》を指で弄《もてあそ》ぶ。「紅茶や料理に混ぜた時は、手をつけてくれませんでした。食器に塗《ぬ》るとか試《ため》します？」

クラウスには基本的に、演技が通じない。罠《わな》にも敏感《びんかん》。動揺《どうよう》させて集中力を削《そ》がない限り、毒入り料理を食べてくれないだろう。

「ホント、先生は化け物っすよね」サラもまた頭を抱《かか》える。

その後も「卓上《たくじょう》の調味料に毒を混ぜて、自分でかけさせる」「辛《から》い料理にして水に毒を混ぜる」「リリィの皿に毒を混ぜて『あーん』と食べさせる」等が提案されるが、これぞというアイデアは浮かばない。

悩《なや》み続けていると、ジビアが不思議そうに首を傾《かし》げた。

「んー？　一番簡単な手段が残っている気がするけどな」

サラは言葉を止めた。期待が込《こ》もった声で「え、なんすか？」と尋ねる。

あっけからんとジビアが告げる。

「料理に毒を盛るんだろ？　そんなもん、美味《うま》い料理を作るだけじゃねぇの？」

「…………」

サラは目をぱちくりとさせた。

「……？」

それから、助けを求めるようにリリィを見る。

どうやら彼女はまだ、ジビアの特徴《とくちょう》を把握《はあく》していないらしい。

「サラちゃん」

リリィが解説を始めた。

「今まで隠《かく》していましたが、わたしはドジです。例えるなら、筆記テストでは、全問正解のはずが、解答欄《らん》を間違《まちが》えてゼロ点を取るタイプです」

「はいっす」

「そして、こちらの白髪が、真面目に受けて普通《ふつう》にゼロ点を取るタイプです」

リリィが手で指して、ジビアを紹介《しょうかい》する。

ジビアはリリィの尻《しり》を蹴《け》り飛ばした。

「どんな喩《たと》えだよっ！」

「完璧《かんぺき》な喩えですよっ！　ジビアちゃんのバカさ加減が！」

「お前だって0点じゃねぇか！」

「知性皆無《かいむ》のごり押し戦法しかできない人間よりはマシです！」

渾身《こんしん》の気持ちを込めてリリィが叫んだ。

リリィのポンコツに隠れているが、ジビアも相当だった。

思考法は、基本的に直球。力業《ちからわざ》。真正面。

クラウスに演技が通じないと判明すれば、何も知らない味方を突《つ》っ込ませて爆発《ばくはつ》させる。

クラウスに正攻法《せいこうほう》が通じないと判明すれば、寝《ね》る間休む間もなく襲《おそ》い続ける。問題に対し極力シンプルな解答で勝負する――それが彼女だ。

負けじとジビアは主張する。

「いいから作戦を聞け。まず絶品の料理を作る。史上最高の料理だ。ターゲットは当然、油断する。その後で毒入りの紅茶で仕留める――最善の方法だろ」

「むぅ。確かに、それができれば理想ですけど」

リリィは唸《うな》った。

言葉にしてみると、あながち的外れな作戦でもないのだが――。

「でも、どうやって？　言葉では簡単に言いますけど」

「あたしに用意がある」自信ありげにジビアは言った。「以前、あの男が昼飯を作っている光景を見かけてな。何かに使えると思って、手順を全部メモしたんだ」

ジビアの手元にあったのは、一枚の紙。

必要な具材や調味料に分量、その工程にかけた時間が事細かに記されている。

「アイツは料理の腕《うで》も天才的で、しかもこれは自分用に作った料理だぜ？　この通りに作れば、絶対に最高の料理が出来上がる」

「お、なるほど」

明るく告げられると、良い策に思えてきた。

他《ほか》に作戦も思い浮かばなかったのも事実。一度仕掛《しか》けてみるのもいいか。

かくして方針は一致した。

「さぁ！　アイツが理性を失うほどの絶品を作ってやろうぜ！」

ジビアが檄《げき》を飛ばすと、リリィとサラは「『おーうっ！』」と掛け声を合わせた。

試行錯誤《さくご》を重ねた。

クラウスの料理を再現するのは、簡単な作業ではない。クラウスは目分量で料理しているので、調味料の分量はジビアの目算を信じるしかない。

調理を担当したのはサラ。彼女はレストランのシェフの娘《むすめ》だった。彼女をサポートする形で、ジビアが記《き》憶《おく》を辿る。複数の試作品が生まれたが、リリィの「試食は任せてくださいっ！」という心強いセリフを信じた。彼女は残さずたいらげ、「次をください！」と要求した。欲望《よくぼう》の塊《かたまり》のような女だった。

普段《ふだん》の夕食の時刻を二時間もオーバーして、ようやく納得《なっとく》できる料理が完成した。ロールキャベツ。

すぐにリリィが他の少女たちの許《もと》に向かい、「今回こそ完璧な計画ができました」と喧《けん》伝《でん》する。他の少女は懐疑《かいぎ》的な反応を示したが、リリィが「失敗したら、裸踊《はだかおど》りをしますよ。ジビアちゃんが」と勝手に約束を取り付けると腰《こし》を上げた。少女たちは各々《おのおの》武器を隠し持ち、食堂に集《つど》う。クラウスを毒で弱らせた後、仕留める算段。

八人が食卓《しょくたく》に並んだところで、クラウスを呼びだし、自慢《じまん》の一品を振《ふ》る舞《ま》うと、

「――極上《ごくじょう》だ」

と彼は絶賛した。普段よりも表情が柔《やわ》らかい。

「作ってもらってすまなかったな。ありがとう。最高の品だ」

「そうだろう？」

ジビアが誇らしげに微笑む。

「お代わりもあるから食えよ。リリィ、ついでにお茶も淹《い》れてくれよ」

ジビアに隠れるように、リリィがほくそ笑む。狙《ねら》い通り、クラウスは油断している。何の警戒《けいかい》もなく、毒入り紅茶を飲むかもしれない。

八人の少女がクラウスに襲い掛かるタイミングを待った。

「そうだな」クラウスが相槌《あいづち》を打った。「しかし、強《し》いて望むのならば――」

そこで彼は立ち上がって、食堂の隣《となり》にある台所に向かった。

台所には、お代わり用のロールキャベツがあった。クラウスはそれにかけるホワイトシチューに調味料を足し、かき混ぜる。それを八つの皿に取り分けたロールキャベツにかけ、最後に仕上げとしてスパイス、ビネガー、オイルを順番に振り、

「――こんな味になると尚《なお》よいだろう」

と少女たちの前に皿を並べた。

「「「「「「「「…………」」」」」」」」

嫌《いや》な予感がした。

少女たちは息を呑《の》んでスプーンを掴《つか》み、おそるおそるロールキャベツを切り分け、口に

運び――瞬間《しゅんかん》、理性を奪《うば》われた。

気づいた時には、クラウスは食堂から消えていた。

少女たちは襲う算段を忘れて、貪《むさぼ》り喰《く》らうようにロールキャベツを食べ、シチューの最後の一滴《いってき》までパンで拭《ふ》き取った。満足して、何かを忘れた気になりながら食後の紅茶を飲んでいると、身体《からだ》に痺《しび》れを感じて、床にのたうち回った。

完敗だった。

ジビア、リリィ、サラ以外のメンバーはこの結果を予想していたように、震《ふる》える足で寝《しん》室《しつ》に戻《もど》っていった。何人かは「裸踊りを期待している」とジビアに告げたが、彼女には何のことかさっぱり分からなかった。

人が減った食堂で、リリィは大きくため息をついた。

「まさか毒を盛る以前に失敗するなんて……」

ジビアとサラも頷く。

「くそっ、完璧に再現したと思ったのに」

「決定的に違ったたっすね。身体が喜ぶような感覚だったたっす」

認めるしかない。料理一つとっても、自分たちはクラウスに遠く及《およ》ばない。

この技術を用いて、彼はスパイ活動をするのだろう。貴族お抱えのシェフとして潜入《せんにゅう》するかもしれない。あるいは異性に振る舞い、口説き落とすのかもしれない。

自称《じしょう》・世界最強は伊達《だて》ではない。

だから、納得してしまう。

彼が自分たちを頼《たよ》らない理由を——。


「ま、今回の任務は諦《あきら》めるか」

「そうですね……」


ジビアのため息のようなコメントに、リリィは同意した。

今回自分たちは不参加だろう。『灯』には、自分たちより優秀《ゆうしゅう》な少女は何人もいる。

サラもまた思うところがあるのか、寂《さみ》しげに頷《うなず》いた。

しんみりとした空気が流れたところで、リリィが口を開いた。

「……ですが、ここは逆転の発想ですよ」

「どうした、そんなドヤ顔で」

「わたしたちは落選する。ですが、だからこそ使命があります。外された人間が哀《かな》しそうにしていたら、チームはどうなるでしょう？」

「……気を遣《つか》い合って、空気が重くなるな」

「それを回避《かいひ》する手段は一つ。外された人間こそが『おめでとう！』って明るくお祝いすることですよ」

ジビアが、お、と声をあげた。納得したように手を叩《たた》く。

「そうだな。長い目で見れば、大事な役割かもな」

そうですそうです、とリリィが笑った。

もちろん自分が選ばれることが最善だが、失敗した以上は切り替《か》える。彼女たちだって仲間との絆《きずな》を失うのは本意ではないのだ。

「あ、あの」

そこで、サラがおずおずと手を挙げた。

「それ……お手伝いしていいっすか？　正直、自分も選ばれるとは思えないので……」

リリィもジビアも否定しなかった。

スパイ養成機関に通っていた年数が一番少ないサラは、仕方のないことだが、技量が劣《おと》る面もある。彼女と同じ特殊班《とくしゅ》のエルナ、アネットはクセこそあるが優秀な人材だ。

口には出さないが、それは二人も悟《さと》っていた。

「もちろん」ジビアが快活な笑顔《えがお》を見せた。「この三人で祝ってやろうぜ」

やるべきことが定まると、自然に空気が明るくなってくる。

ジビアはソファから立ち上がると、自分の頰《ほお》を叩いた。

「よっしゃ！　ウジウジすんのはヤメだ！」

「ですねっ！　パーッとやりましょうっ！」

「だったら、まずはモニカから祝っちまうのはどうだ？　アイツは確実に選ばれるだろ」

「自分も賛成っす！　モニカ先輩《せんぱい》の前祝いをやりましょう」

「はい！　でっかいパフェでも作ってあげましょうっ！」

それから三人は盛り上がり、仲良くパフェを作り始めた。

三人とも、スパイの厳しさは身に染《し》みている。八人も少女が集まれば、優劣《ゆうれつ》は生まれる。全員同じ実力なんてありえない。そして、その不均等を見ないフリしてくれるほどスパイの世界は甘くない。

養成機関で嫌というほど味わっていた。

しかし、それだけで拗《す》ねはしない。

メンバーに器用不器用あれど――『灯』は一つなのだから！

それを証明するように、特大のパフェを作り上げた。フルーツとチョコレート、ホイップクリームが山になっている。

三人は最後にイチゴをハート形にくりぬいて、一枚ずつ載《の》せた。

愛情たっぷりのパフェが完成すると、音を立てないよう抜《ぬ》き足差し足で、モニカの部屋に近づいていき、

「「「モニカちゃんの応援《おうえん》をしにきましたあああっ！」」」

と一斉《いっせい》に飛び込んだ。

――自分たちは選ばれないが構わない。活躍《かつやく》を期待する。特製パフェを食べてほしい。

それらを嫌《いや》みなく告げて、三人は励《はげ》ましのメッセージを送った。

「モニカちゃんは選出間違《まちが》いなしです」「あたしらの分も頑張《がんば》れよ」「応援してるっす」

祝われた相手は、満更《まんざら》でもなさそうだった。

やってよかった。

三人が達成感に包まれて退室すると、廊下《ろうか》にはクラウスが立っていた。

「あぁ、そうだ。お前たち」

彼が淡々《たんたん》と告げてくる。

「荷物をまとめろ。グレーテ、リリィ、サラ、ジビアの四人で翌日の汽車に乗れ」

「「「え……」」」

「任務の時間だ」

三人は唖然《あぜん》と口を開ける。

任務には、自分たちが選ばれたらしい。その事実に驚《おどろ》くより気に掛《か》かる点があった。

「あ、あの、モニカちゃんはそのメンバーには……？」

「ん？　アイツは待機の予定だが？」

クラウスは平然と告げる。

選抜《せんばつ》でチームをギクシャクさせまい。そう配慮《はいりょ》してのサプライズパフェだったが——

「「「………………」」」

——結論を言えば、超《ちょう》ギクシャクした。

◇◇◇

モニカに胸倉《むなぐら》を摑まれ、

「ボクにケンカ売ってる？　さっきのパフェは何のつもり？　嫌がらせ？　サラはいいよ。どうせ巻き込まれたんだろ？　問題はキミたちだよ、キミたち。そろそろ、チームの二大ポンコツに振《ふ》り回されるボクの身にもなってくれないかなぁ？　ねぇっ？」

としっかりマジ切れされて、ジビアはクラウスの部屋に向かった。

「おいこらああああああああああぁっ！」

「威勢《いせい》がいいな」

ノックさえせず、ジビアは入室する。

クラウスは突然《とつぜん》の闖入者《ちんにゅうしゃ》を気にする様子がない。もう慣れたと言わんばかりに、冷静な顔で椅子《いす》に腰《こし》かけ、書き物をしている。

大股《おおまた》でクラウスに歩み寄り、言葉をぶつけた。

「タイミングが悪いんだよ！　ふざけんなっ！」

「今回の僕は何も悪くないだろう」

珍《めずら》しく正論だった。

ジビアは咳《せき》ばらいをして気分を落ち着かせた。普段《ふだん》のノリで、つい怒鳴《どな》ってしまった。

「……なぁ、一つ質問していいか？」

「なんだ？」

「選抜、本当にあたしたちで良かったのか？」

「不服だったか？」

「い、いや、無茶苦茶嬉《うれ》しいよ。けど、アンタがどう思ってんのか、聞きたくて」

気を緩《ゆる》めると、口元がにやける。

クラウスの行動には多々ツッコミを入れるが、彼の実力は尊敬している。今まで出会った中で最も優《すぐ》れたスパイ。そんな相手に認められて、嬉しくないはずがない。

だからこそ真意を尋《たず》ねたかった。

ジビアもリリィもサラも特別優秀な少女とは言い難《がた》い。なぜ選ばれたのか？

「そうだな、では正直に答えようか」

「おう」

「――不安しかない」

「ひでぇなっ！」

思わず叫《さけ》んだ。

クラウスは顔を上げて、ジビアの右腕《うで》にペン先を向けた。

「右腕のヒビの具合はどうだ？」

「っ、それは――」

「完治していないだろう？　実力の半分も発揮できないはずだ」

やはり見抜かれているらしい。

右腕の骨のヒビ——それは前回の不可能任務によるものだ。

ある化け物じみた男の蹴《け》りを受け止めた。本気の達人の一撃《いちげき》は受け流せるレベルではなかった。たった一発で戦闘《せんとう》不能にされた。

一か月近くの月日が流れ、治りかけているとはいえ十全とは言い難い。

「じゃあ、どうしてあたしを選んだ？」

「選抜には理由がある。だが、まだ明かせないな」

「……一応聞くけど、なんとなく選んだから説明できないって訳じゃねぇよな？」

「…………」

「図星かよっ！」

ツッコむが、さすがに冗談《じょうだん》だろう。

スパイは任務の詳細《しょうさい》を全て教えられない。知りすぎることで命を狙《ねら》われることもあれば、情報漏洩《ろうえい》の危険もある。頭では分かっていたが、すぐに納得《なっとく》できなかった。

クラウスが息を吐《は》いて腕を組んだ。

「一部を明かすと、少なくともお前には明確な意義があるさ」

「お前は給料を全額、匿名《とくめい》で孤児院《こじいん》に寄付しただろう？」

「おい、なんで知ってやがる？」

冷や汗《あせ》が出た。

不可能任務という命懸《いのちが》けの仕事を果たし、ジビアの口座には多額の報酬《ほうしゅう》が振り込まれた。

ジビアはそれに手をつけず、とある孤児院に送金した。

それは誰《だれ》にも明かしていないはずだったが――。

「そんな大胆《だいたん》に金を動かせば、上は二重スパイを疑う。僕が説明しておいた」

怪《あや》しい機関への資金援助《えんじょ》と間違われたらしい。

「お前の選抜は、それに関係する事情だ。ぜひ行ってほしいと考えたが……」

そこでクラウスは一旦《いったん》言葉を止めた。

ジビアの腕と顔の間で、数度視線を往復させて息をついた。

「……確かに右腕の怪我《けが》もある。残念だが、不調なら不参加でも構わない」

この選抜には、やはり葛藤《かっとう》があるのだろう。声には憂《うれ》いが満ちていた。

ジビアは慌《あわ》てて手を振った。

「待ってくれ。あたしは別に不参加を申し出たい訳じゃない。確認《かくにん》したかったのは、そんな風にアンタが余計な心配してんじゃねぇかってこと」

「………」クラウスが無言で見つめてきた。

「アンタさ、基本大胆なのに、仲間が絡《から》むと急に慎重《しんちょう》になるよな」

「そのようだな」

彼の性格は摑《つか》めている。

自分自身の行動は、大胆だ。世界最強を名乗り、常に自信を持って行動している。しかし仲間を頼《たよ》る局面では躊躇《ちゅうちょ》を見せる。

もちろん、その理由も察している。過去に仲間を失ったトラウマだろう。

「――心配いらねぇ。それを伝えにきたんだ。あたしは選ばれてすっげぇ嬉しかったよ」

ジビアはクラウスに拳《こぶし》を突《つ》き出した。

「これでもな、養成学校であたしを見つけてくれた恩義は感じてんだ。アンタの期待になら倍にして応《こた》えてやる。グレーテだって頑張ってんだ。あたしも負けてられねぇよ」

ジビアもまた、養成学校時代は躓《つまず》いた人間だ。スパイとして野望もあった。努力も怠《おこた》らなかった。しかし不幸が積み重なり、逃《に》げ出す寸前まで追いつめられていた。

『灯』にスカウトされなければ、退学していた。

クラウスは目を閉じ、腕を組んだ。

「──極上《ごくじょう》だ」

想《おも》いが伝わったかどうかは謎《なぞ》だが、深く頷《うなず》いている。

「お前はチームで誰よりも優《やさ》しいよ。時々、思慮《しりょ》の浅いところがあるが」

「一言余計だ」

キッと睨《にら》みつける。

クラウスが目を開き、そうだな、と呟《つぶや》いた。

「なら、僕が安心できるよう一つ訓練を受けてくれないか？　軽くスパーリングでも」

「スパーリング？　いや、だからあたしは右腕が──」

「僕は指一本しか使わない」

「っ！」

クラウスは余裕《よゆう》の表情で人差し指を立てている。

ジビアは肩《かた》をすくめた。彼の強さは知っているが、さすがに指一本は無理だろう。

「おいおい……さすがにそれは、あたしを舐《な》めすぎじゃね？」

「そこまで言うなら、お前が負けた時はメイド服を着てもらおうか」

「あ？　なんだ、唐突《とうとつ》に？」

「怖気《おじけ》づいたか？　なら武器も使っていいぞ」

挑発《ちょうはつ》的な言い方だった。

ジビアの頭の中で何かが弾《はじ》ける音がした。

「上等だコラアアアア！　なんだって着てやろうじゃねぇかっ！」

「――極上だ」

クラウスは椅子から立ち上がり、軽く目を細めた。

「たまには、本気で相手してやる」

決着は二秒でついた。

◇◇◇

「アンタたちが新人メイドねっ！」

ジビア、グレーテ、リリィの前で、仁王立《におうだ》ちをするのは二十代半ばの女性。いかにも力仕事が得意という快活な笑《え》みを見せている。長く伸《の》びた金髪《きんぱつ》を後頭部で縛《しば》り上げており、彼女が動くたびに馬の尾《お》のようにひょこひょこと揺《ゆ》れた。

恰好《かっこう》は、黒いワンピースに、白く映えるエプロン。

オリヴィアという名。メイド長らしい。

彼女は、少女たちが差し出した履歴書《りれき》を手に取った。

「宗教学校の休暇中《きゆうか》のアルバイトか。奇妙《きみよう》なタイミングの休暇ね。まぁ、政治家さんの推《すい》薦《せん》だから、身分を疑っている訳じゃないけど」

それから彼女は怪訝《けげん》そうな面持《おもも》ちで頭を掻《か》いた。

「ええと、なんで、この白髪の子はメイド服を睨みつけているの？」

「……………なんでもないです」

ジビアは目の前の現実をいまだ受け止められなかった。

支給されたのは、屋敷《やしき》の住人と使用人とを区別する制服。裏方に徹《てつ》するため地味な黒ワンピースと、家事仕事が行いやすい白エプロン。中世から上流階級の屋敷で受け継《つ》がれてきた伝統的な装《よそお》いだ。

「………………………」

ジビアは、ショートカットで鋭《するど》い目つきの少女だ。可愛《かわい》らしい女の子というよりは、ボーイッシュな容姿。その自覚はあるので、私服はパンツルックしか選ばないし、本当は普《ふ》段纏《だんまと》う宗教学校の制服さえ破《さ》り裂きたい。

（やっぱり、あの野郎《やろう》はいつかぶん殴《なぐ》る……）

メイド服はまったく未知の衣装《いしよう》だった。

◇◇◇

——遡《さかのぼ》ること一週間。
出発前日、陽炎《かげろう》パレスの広間には四人の少女が集められた。

『愛娘《まなむすめ》』のグレーテ　赤髪《あかがみ》　十八歳。情報班
『花園《はなぞの》』のリリィ　銀髪《ぎんぱつ》　十七歳。実行班
『百鬼《ひやっき》』のジビア　白髪　十七歳。実行班
『草原《そうげん》』のサラ　茶髪　十五歳。特殊班《とくしゅ》

それが、今回呼び出された少女たちだ。
彼女たちはソファに腰《こし》かけ、クラウスを囲む。
『「屍《しかばね》」、そう名前をつけられた暗殺者の排除《はいじょ》が目的だ』
クラウスは立ちながら、説明を始めた。

『同胞《どうほう》が命と引き換《か》えに集めた情報により、次に殺される候補者は予測できている。僕たちはその候補者の身辺に潜《ひそ》み「屍」を探《さぐ》る』

暗殺者。

あまり心躍《おど》る任務ではなかった。殺し合いになる可能性が濃厚《のうこう》だ。

そこまで説明が済んだあと、リリィがすっと手を挙げた。

『先生、質問です。今回の任務は国内なんですよね？』

『そうだが？』

『今更《いまさら》ですが、先生、時々国内の任務をこなしてますよね？　外国に潜入《せんにゅう》するスパイが、どうして国内で活動しているんですか？』

他の少女も頷いた。

実のところ、今までハッキリと説明を受けたことがなかった。

『……そうだな、今一度おさらいしよう』

クラウスは黒板に書きながら説明した。けっこうな悪筆で。

『対外情報室には、二つの課がある。防諜《ぼうちょう》、主に国内で外国のスパイを取り締《し》まる第一課。そして、諜報《ちょうほう》、外国に勤務してスパイ活動を行う第二課だ』

一般《いっぱん》的には、第一課は秘密警察、第二課はスパイと呼ばれる。

『やはり「灯」の仕事は第二課なんです？』

『いや、両方だ』

『両方？』

『求められれば、外国でも国内でも駆《か》けつける。他チームが成し遂《と》げられなかった任務を引き継ぎ、成功させる――それが「焔《ほむら》」であり、それを引き継ぐ「灯」の仕事だ』

グレーテが口元に手を当てた。

『実質、不可能任務が中心ということですね……』

不可能任務――同胞が失敗した任務の通称《つうしょう》だ。一度失敗した任務は基本的に難易度が跳《は》ね上がる。死亡率は九割以上、成功率は一割未満とも。

サラが首を傾《かし》げた。

『あれ？　でも自分は養成学校で「不可能任務には手を出すな」と教わったっす』

『あまり知られていないが、その警句には続きがある』

クラウスは告げた。

『――不可能任務には手を出すな。それは「焔」の領分だ』

少女たちは息を吞《の》んだ。

その重すぎる責任に驚愕《きょうがく》する。しかし納得《なっとく》もできる。

当然スパイの世界には存在する——どんなに過酷《かこく》でも挑《いど》まねばならない任務が。

死亡率九割というのは、『焔』以外のチームが挑んだ場合の数字なのだろう。

『今更ですが、とんでもないチームを引き継いじゃいましたね』

少女たちの心情をまとめるように、リリィが呟いた。

つまり厳密な定義では、これから臨《のぞ》むのはスパイ活動ではない。しかし、情報機関が扱《あつか》う仕事。「影《かげ》の戦争」の範疇《はんちゅう》であり、『灯』が行うべき任務ということだった。

『話を戻《もど》そう』

クラウスは頷いた。

『グレーテ、リリィ、ジビア。お前たちにはある人物に接触《せっしょく》してもらう。上院の国会議員だ。屋敷内で警護しろ。身分を隠《かく》して潜伏《せんぷく》し、敵を暴《あば》き出せ』

ウーヴェ氏というのが、護衛の対象らしい。

命じられた少女たちは頷いた。

『僕とサラは屋敷の外でお前たちを支援《しえん》する』

サラが怯《おび》えた表情で頷いた。

『行くぞ、全員で生きて帰ろう』

その言葉と共に、スパイたちは立ち上がった。

◇◇◇

潜入先の下調べは、グレーテが済ませていた。

ウーヴェ＝アッペル。代々政治と関《かか》わっていたアッペル家の現当主だ。現役《げんえき》の上院議員で、厚生衛生省の副大臣を務めている。いわゆる急進左派。上流階級でありながら、富裕《ふゆう》層の既得《きとく》権益を手厳しく批難し、貧困層の生活改善を推進している。現在は福祉《ふくし》関連の予算確保のために、奔走《ほんそう》しているらしい。

彼の経歴に黒い部分はない。自身も議員の息子でありながら、若い時は軍役についている。愛国心が強いらしい。優秀《ゆうしゅう》で、ゆえに他国から見れば、排除したい政治家の一人であろう。『屍』に暗殺されたのは、彼と志を共にする政治家ばかりだ。

ウーヴェの屋敷は、首都からかなり遠い箇所《かしょ》に建てられていた。立地は最悪。山奥にぽつんと建っている。バスに一時間乗り、バス停から一時間歩いてようやく辿《たど》り着く。

特徴《とくちょう》的なのは、屋敷の豪華《ごうか》さに比して住人が少ないことだった。部屋の数は三十近くあるのに、住人は本人と妻、母親。専属秘書、メイド長と五名のみ。住人のため、というよりも、頻繁《ひんぱん》にくる来客に応対するために数名のメイドが必要という。前任者は事故で亡《な》くなってしまったようだ。

そのことを思い返して、ジビアたちは空き室で着替《きが》え始めた。

(まぁ屋敷に忍《しの》び込むのに、メイドは最適なんだけどさ……)

覚悟《かくご》していたとはいえ、躊躇《ためら》いはある。

ジビアが固まっていると、隣《となり》でリリィがにやにやと口元を歪《ゆが》めた。

「ぷぷっ。もしかしてジビアちゃん、エプロンとかスカートとかに抵抗《ていこう》を覚えるタイプですか？　あまり可愛い服とか好きじゃなさ痛ぁぁっ！」

「うるせぇ。次バカにしたら殴るぞ」

「既《すで》に殴っておいてっ？」

拳《こぶし》を摑《つか》み合う二人の隣では、グレーテがテキパキと支度《したく》を済ませていた。

「……しかし、奇妙なお屋敷ですね」

「ん？」

「……物が少なすぎます。世襲《せしゅう》議員の屋敷は、普通《ふつう》、もっと豪華な内装なのですが」

彼女が指摘《してき》する通り、屋敷は応接間に絵画が飾《かざ》られるのみで、客人が立ち入らない廊下《ろうか》には、華美《かび》な芸術品は何もない。修繕《しゅうぜん》の行き届かないひび割れた壁《かべ》が広がっていた。

「へぇ、詳《くわ》しいのな」ジビアが感心する。

「……実は、わたくしは出自が政治家の家なのです」

初耳だった。

品の良さは感じていたが、まさか政治家の娘《むすめ》だったとは。

「……もしかしたら、ここのご主人は気の難しい方かもしれませんね」

「オーケー、分かったよ。メイド服に尻込《しりご》みしている場合じゃねぇよな」

ジビアは宗教学校の制服を脱《ぬ》ぎ捨てると、早着替《はやきが》えでメイド服を身に纏《まと》った。

グレーテも意気込んでいるようだ。自分だって気を抜けない。

「こっからは気合い入れていくぜ。初日から飛ばしていこうぜ」

そう不敵な笑《え》みを湛《たた》えて、少女たちは任務を開始した。


一日が終わる頃《ころ》、廊下には唖然《あぜん》と口を開くオリヴィアの姿があった。

「え、なにこれ……」

驚愕、という言葉がぴったり合う表情。

目を丸くして固まっている。数秒経《た》ってもその場から一歩も動けず、銅像のように硬直《こうちょく》していた。やがてそれが現実と確認《かくにん》したように頷《うなず》いた。

オリヴィアは並ぶ三人の新人メイドに笑顔を向ける。

「アンタたち、凄《すご》いのねっ！　一日で屋敷がとても綺麗《きれい》になったわっ！」

屋敷の変わりようを見て、手を叩《たた》いて喜んでいる。

前任者が事故で亡くなり少女たちが雇《やと》われるまでの一か月間、巨大《きよだい》な屋敷はオリヴィア一人が管理していたらしい。料理や洗濯《せんたく》で手《て》一杯《いっぱい》で、掃除《そうじ》が行き届いていない。部屋には埃《ほこり》が溜《た》まり、カーテンやカーペットは黴臭《かびくさ》さが染《し》み付いていた。

それが激変した。

積もった埃は払《はら》われ、カーテンは洗われ、カーペットにはクリーナーがかけられた。

少女たちは完璧《かんぺき》にメイドの仕事をこなした。

「いえいえー、それ程でもー」

リリィが自慢《じまん》げな表情を隠さず、謙遜《けんそん》する。

少女たちは、養成機関で一通りの家事を取得している。掃除箇所《かしょ》にあった洗剤《せんざい》を選び、手際《てぎわ》よく汚《よご》れを落とすだけだ。普段《ふだん》挑《いど》んでいる訓練の難易度に比べれば、屋敷《やしき》中の汚れを落とすことなど造作もない。リリィのドジも、他の二人が注意すれば補える。

「最近の若い子はやるわねぇ。アンタたちなら、ウーヴェさんとも渡《わた》り合えそう」

「そういえば、姿が見えませんね」

「今日は地方のホテルに泊《と》まって、明日戻ってくるって。脅《おど》すようなこと言いたくないけど、覚悟はしておいてね。少し荒《あら》っぽい人だから。軍人時代の名残《なごり》かな」

グレーテの分析《ぶんせき》通り、ウーヴェは気難しい人間らしい。機嫌《きげん》を損《そこ》ねぬよう、気を付けた方が良さそうだ。「屍」を探《さぐ》る前にクビになる結末は、マヌケすぎる。

達成感を抱いて、少女たちは使用人室に戻った。部屋が余っているので、少女たちには一人一室、寝室《しんしつ》が与《あた》えられた。

リリィの部屋で、ジビアが彼女と一息ついていると、

「――ひとまずは潜入できたようだな」

と窓の外から声がした。

入っていいぞ、と声をかけると、クラウスが窓から部屋に上がり込んできた。

使用人室は一階にある。彼ほどの男なら侵入《しんにゅう》は容易《たやす》いだろう。

狭《せま》い使用人室に三人は手狭だったが、仕方がないだろう。こんなに集まって、部屋の外に声が聞こえないか心配になったが、今のところ気配はない。

調子はどうだ、とクラウスが尋《たず》ねてきたので、ジビアは、上々、と肩《かた》をすくめた。

「問題は、この服があたしに似合ってねぇことだけだな」

「安心しろ。似合っているさ」

「……っ」

顔が熱くなったが、適当に誤魔化《ごまか》されていることに気づくと、しっしっと手を振《ふ》った。

「騙《だま》されるかっ。用だけ済ませて、すぐ帰れっ」

クラウスは小さく頷いた。

「では活動を始めていこうか。明日ウーヴェ氏が戻ってくる。健康状態や交友関係の確認から始め、屋敷に盗聴器《とうちょうき》を仕掛《しか》けて行け」

「了解《りょうかい》。うまくやっとく」

「ちなみに僕が勧《すす》める方法は――」

「それはグレーテから聞く」

「……僕にも『寂《さび》しい』という感情はあるんだがな」

一応語らせたところ、案の定『敬虔《けいけん》な奉仕者《ほうし》のように尽《つ》くす』と繰《く》り出してきたので、スルー。

この辺りにいちいち指摘したら、話が進まない。

「先生、先生」リリィがベッドから身体《からだ》をあげ、クラウスを見た。「命を狙《ねら》われているのは、そのウーヴェさんなんですよね？　だったら、わたしたちの身分を明かしません？　そうした方が、すんなり――」

「やめておけ。老獪《ろうかい》な政治家ではあるが、所詮《しょせん》は素人《しろうと》だ。敵に情報が漏《も》れるだろう」

一瞬《いっしゅん》ジビアもいい提案だと思ったが、すぐに否定される。

あう、とリリィが落胆《らくたん》の声をあげた。

「忘れるな。『屍』は既にこの屋敷に潜伏しているかもしれない」

クラウスの忠告で、少女たちは身体を強張《こわば》らせた。

そうだ、任務は既に始まっている。

国内だろうと、国外だろうと変わらない。

自分たちは欺《あざむ》き潜《ひそ》み続ける、「影の戦争」の主役だ——。

「僕は忙《いそが》しい。任せたぞ。月に陰《かげ》りを与える雲のようにやれ」

クラウスはリベンジのつもりか、またありがたみの薄《うす》いアドバイスを残すと、すぐに部屋から発《た》とうとした。長居する気はないらしい。

「あ、ちょっと待てよ」とジビアは引き留めた。

「なんだ？」

「グレーテにも会ってけ。隣の部屋にいるから」

それに続くように、リリィも「あ、いい提案ですね。きっと喜びます」と口にする。

「…………」

クラウスが無表情で睨《にら》み返してきた。

「……お前たちは、アイツの恋路《こいじ》を応援《おうえん》しているのか？」

「ん？　当たり前だろ。仲間なんだから」

ジビアもリリィも、グレーテの恋心には気が付いている。というよりも『灯』全員が知っていた。あれほど分かりやすければ、当然だが。

クラウスは「そうか」と呟《つぶや》いた。声音《こわね》からは、感情を推測できない。

窓枠《まどわく》を越《こ》えると、足音も聞こえなくなった。隣室《りんしつ》に向かったらしい。

どういう意図を込《こ》めた質問なのか、結局教えてくれなかった。

「ったく、説明はねぇのに、聞きたいことだけ聞きやがって」

「何か考えがあるんでしょうねー」

クラウスの思考が読めないことは今に始まったことではない。それでも、自分たちを害することはないだろう。それくらいの信頼《しんらい》関係はできている。

ただ、任務をこなすだけだ。

潜入《せんにゅう》二日目、日が暮れ始めた頃、庭から老人の罵声《ばせい》が響《ひび》いてきた。

「まったく！　あの大マヌケめ！　くだらん接待に無駄《むだ》な金をかけよって！」

任務の最重要人物――ウーヴェが帰宅したようだ。

歳《とし》は五十八のはずだが、それを感じさせない力強い怒号《どごう》だ。

すぐオリヴィアに呼び出されて、三人は玄関《げんかん》の前で主人を出迎《でむか》えた。

彼は運転手を雇わないので、自ら車を運転している。屋敷の隣に車をつけると、不機嫌《ふきげん》な顔を隠《かく》さずに玄関まで歩いてきた。

「オリヴィア、いちいち出迎えんでいいっ！　無駄じゃ、無駄！」

見るからに威圧《いあつ》的な男性だった。肩幅《かたはば》があり、背筋がまっすぐに伸《の》び、泰然《たいぜん》としていた。歳相応に灰色の髪《かみ》と顔に刻み込まれた皺《しわ》はあるが、それさえも言い知れない凄みを感じさせた。

「……ん？」

彼はなぜか途中《とちゅう》、訝《いぶか》しそうに目を細めた。十メートルの距離《きょり》を取って、立ち止まった。

「先日、推薦《すいせん》を受けたメイドですよ」オリヴィアが笑いかける。

「ふん。貴様が妹を連れてきたかとでも思ったわ。乳臭《ちちくさ》いガキじゃな」

「髪の色が全然違《ちが》うでしょう。そう脅さないであげてください」

「……まぁ、いいわい。とにかく貴様らがメイドの新人か」

少女たちは偽《にせ》の経歴を語り、自己紹介《しょうかい》を済ませる。

ウーヴェは「オリヴィア、アレを」と顎《あご》でしゃくった。オリヴィアはため息をつき、玄関から消えた。次に戻《もど》ってきた時には、小銃《しょうじゅう》を手に持っていた。全長一メートルの軍用銃。それをウーヴェは厳格な面持《おもも》ちで受け取り、コッキングを済ませた。

なんなのだろうか。

少女たちが見つめていると、ウーヴェはかっと目を見開き、小銃を向けてきた。

「貴様らが、殺し屋かあああああぁっ？」

突然《とつぜん》の怒号。

ジビアたちは眼《め》を丸くして、後ろにのけぞり、そのまま尻《しり》もちをついた。

本気の殺意だった。あまりに意味が分からない。

なんだこいつ――。

ウーヴェは不満げに舌打ちをした。

「……ふん。さすがに、ボロを出さんか」

「え、ええ……？」リリィが目を白黒させる。

「最近、儂《わし》の親しい政治仲間が二人ほど不審死《ふしんし》をしてな、どこかに殺し屋でも潜んでいるんじゃないかと読んでいるんだが、中々尻尾《しっぽ》を出さん。貴様らが抵抗《ていこう》したら、迷わず撃《う》っていたんだがな」

「防衛をなさっているんですね……」

「まさか。儂自ら、撃ち殺してやりたいだけだ」

過激な老人らしい。

銃口を一向に下げる気配がない。暴発したらどうする気だ。

「だが、メイドとして合格かは別の話だな」ウーヴェは銃口をくいっと持ち上げた。「おい、白髪《はくはつ》の貴様。飯を作れ。腹が減った」

雇用《こよう》試験か。やけに強い命令口調だ。

ウーヴェに言われるがままに、ジビアは台所に向かった。

途中オリヴィアから申し訳なさそうな顔をされたが、気にしていない、と笑顔《えがお》を見せる。

彼女の反応を見るに、中々手を焼いているようだ。

(かなり危ないジジイなのは分かったが、料理くらい余裕《よゆう》だしな)

あまり深刻に捉《とら》えていなかった。

クラウスを魅了《みりょう》する絶品は無理でも、老人を納得《なっとく》させる程度は可能だろう。

メニューもポトフならば、大きな失敗はない。昨夜に作り置きしたコンソメがある。それに野菜と肉を煮込《にこ》み、パンと一緒《いっしょ》に出せば、誰《だれ》だって美味《おい》しく食べられる。

ジビアは料理を完成させると、それを食堂に運んだ。

ウーヴェは小銃をテーブルの脇《わき》において、椅子《いす》に座って待っていた。

「どうぞ、温かいうちに」とジビアは、ポトフを彼の前に置いた。

コンソメの匂《にお》いが部屋中に漂《ただよ》っている。

リリィのお腹《なか》が鳴った。

――これで問題ない。

確信して、ウーヴェの食事を見届ける。

彼は一口ポトフを口に含《ふく》むと、椅子を後方にふっ飛ばして立ち上がった。

「この程度しか作れんメイドなど無駄じゃあああああっ！」

その日から、メイド業は地獄《じごく》となった。


ウーヴェは前評判以上に横暴だった。

気性《きしょう》を一言で表すならば――徹底《てってい》的な無駄《むだ》嫌《ぎら》い。

贅沢品《ぜいたくひん》が少ない屋敷《やしき》を見て、察するべきだったのかもしれない。

「そこの銀髪《ぎんぱつ》っ！　また洗剤《せんざい》を床《ゆか》に撒《ま》き散らしおったなあああぁっ！」

「おい、白髪っ！　そんなどうでもいいところまで掃除《そうじ》するなっ！　雑巾《ぞうきん》の無駄じゃっ」

「赤髪！　貴様は儂に呼ばれたらすぐに来んかっ！　時間を無駄にするなっ」

とにかく怒鳴《どな》りつける。

不満を見つけては、ウーヴェはすぐに罵声をぶつけてくる。洗剤の使いすぎ、雑巾の使いすぎ、洗濯《せんたく》のしすぎ、料理の作りすぎ、水道の使いすぎ――しつこくメイドに注意をしてくる。これでは満足に仕事もできない。

しかも、屋敷には訪問客が多い。

彼の無駄嫌いは、政治家としては優秀《ゆうしゅう》だった。

よく官僚《かんりょう》や政治家が訪《おとず》れて、ウーヴェに予算や支出の相談を持ち掛《か》ける。彼の担当は福《ふく》祉《し》関係だったはずだが、訪問客は総務省、交通省、陸軍省と垣根《かきね》がない。ウーヴェは計画書に目を通すと、不要な予算枠《わく》や業者の不合理な見積もりを指摘《してき》していく。

それは良いのだが、訪問客のの出迎えや送り迎え、お茶出しなどは全《すべ》てメイドの仕事なのだ。次々と訪れる来客に、分刻みで対応しなくてはならない。

こうなると、ミスが出始めるのはリリィだった。

「貴様あああぁっ！　貴様はティーカップを何度割れば気が済むんじゃ！」

「ひいいいいっ！　すみませんっ！」

元々リリィは抜《ぬ》けたところが多い。

その際には、ジビアがサポートに回ればいいのだが、彼女もまた苦戦していた。

「今日も飯が不味《まず》いっ！　食材を無駄にするなと何度言ったら分かるっ？」

「……っ」

ウーヴェが満足する料理を作れなかった。

仲間と一緒に味見だって行っている。老人の味覚を考え、味を薄くすることも考えた。

嫌《きら》いな食べ物でもあるのか、と多くの食材を試《ため》した。しかし、ウーヴェが納得しない。

結局ウーヴェはジビアの料理に手を付けず、「これは貴様が食え」と命じて、まずそうにパンを齧《かじ》るだけだ。さすがに苛立《いらだ》ちが募《つの》る。

こうなってくると、一番頼《たよ》りになりそうなのがグレーテだったが――。

「貴様は、儂に不満があるのか？」

彼女もまた、何度もウーヴェの反感を買っていた。

「……いえ、少々体調がすぐれず」

「ふん、嘘《うそ》をつけ。儂が嫌いなんだろう」

「そんなことは……」

「早く下がれ。そんな表情で働かれても時間の無駄じゃ」

ウーヴェと折り合いが悪く、冷淡《れいたん》な態度を取られてしまう。

それだけでなく、メイドの演技がうまくいっていないらしい。ウーヴェの言う通り、不満の感情が顔に滲《にじ》んでいる。

「どうしたんだよ、グレーテ。らしくないな」

心配になって声をかけると、彼女は首を横に振《ふ》った。

「……いえ、これしきで音を上げるわけには」

「ん？　どういうことだ？」

「……わたくし、ボス以外の男性と話すと胃が痛くなるのです」

「お前は何言ってんのっ？」

このタイミングで思わぬ弱点が発覚する。

とにかく三者三様、ウーヴェに振り回されていた。

その夜、使用人室にて——。

「なぁ、リリィ」

「はい……」

「あたしらって、一応、あのジジイを守りに来てんだよな」

「そのはずです……」

シャワーを浴びる気にさえなれず、二人はベッドで打ちのめされていた。

夜は屋敷に盗聴器《とうちょうき》を仕掛《しか》ける予定だが、その体力が残らない。昼間はメイド業に忙殺《ぼうさつ》されて、夜にはヘトヘトになって倒《たお》れるだけ。ウーヴェの横暴は留《とど》まることを知らない。

倒れ続けていると、窓がコンコンとノックされた。

カーテンを開けると、任務用の衣装《いしょう》を纏《まと》ったサラが立っていた。黒いサロペット姿で、キャスケット帽《ぼう》を目深《まぶか》に被《かぶ》っている。

「お疲《つか》れ様っす」彼女は部屋にあがった。「あれ、グレーテ先輩《せんぱい》は？」

「体調崩《くず》して、隣室《りんしつ》で寝《ね》てる」

「え、病気っすか？」

「さぁ。病気っちゃあ、病気だと思うが」

ボス以外の男性と話しすぎて身体が悲鳴をあげた――彼女は青白い顔で呟いた。

任務開始時の意気込みが嘘のように、ぐったりしていた。

ジビアが仲間を心配していると、サラが大きな荷物を取り出した。

「ようやく無人の山小屋を見つけられたっす。サポートを届けにきたっすよ」

「サポートっ？」リリィが嬉《うれ》しそうに飛び起きる。

現状最も欲《ほっ》しているものだ。

「彼っす」サラは荷物にかけられたカバーを外した。

出てきたのは、金属製の鳥籠《とりかご》。

籠の中から強い視線を感じて、ジビアとリリィが同時に覗《のぞ》き込む。

「鷹《たか》……？」

籠には、大きな鷹がいた。

しっかりした体格で、精悍《せいかん》な瞳《ひとみ》をしている。

「手紙でも何でも飛ばしてください。自分の小屋に届けてくれるっす。そうしてくれれば、自分がまた彼にお願いして、必要なものを送るっすよ」

意志を主張するように、鷹は鋭《するど》いくちばしで籠を突《つつ》いた。

ガンッ、と大きな音が響《ひび》いた。

「………」

ジビアは鷹を指差した。

「コイツ、あたしの部屋にずっといんの……？」

「コイツじゃありません。バーナード氏っす」

「あ、でも注意事項《じこう》もあるっすよ。特製の餌《えさ》があるので一日二回与《あた》えるのを忘れずにお願いします。時々名前を呼び掛けてもらって、毎朝には羽をブラッシングして――」

サラが誇《ほこ》らしげに解説してくれる。

自慢《じまん》の動物を語れるのが嬉しいのか、やや早口だ。

長々と語るサラを横目に、ジビアは籠をあけて袖《そで》に鷹を留まらせ、窓に近づき――。

「煩《わずら》わしいっ!!」

思いっきり鷹をぶん投げた。

「バーナード氏いいいっ!」

サラが悲鳴をあげる。

非情な動物虐待《ぎゃくたい》を受けたバーナードだったが、そこは鳥なので空中で羽を広げると闇夜《やみよ》に飛び立っていった。説明が正しければ、サラが見つけた小屋に戻《もど》るだろう。

悲痛な顔で鷹を見送っているサラに、ジビアは声をかけた。

「いや、一応潜入《せんにゅう》中だしな。ペット付きで来るメイドなんて不審《ふしん》だろ」

部屋から鳴き声が漏《も》れたら、すぐに見つかってしまう。

「あ……盲点《もうてん》だったっす」

「無線機はねぇの？　水仕事が多いから防水。服に仕込めるくらい小型だと理想かな」

「そ、それはアネット先輩なら可能っすけど、今は……」

アネット――特殊班《とくしゅ》の灰桃髪《はいももがみ》の少女だ。機器に関しては、彼女に任せるのが一番いい。

しかし、この場にいるはずもない。サラは申し訳なさそうに顔を伏《ふ》せた。

「あ、悪い。別に責めてるわけじゃなくて……」

ジビアが慌《あわ》てて手を振った。

ただ思ったことを述べただけだが、状況《じょうきょう》もあいまって批難するような言い方になってしまった。サラもすぐに察したようだが、表情は暗い。

三人同時に「「「はぁ……」」」ため息をついた。

「うまく回りませんね。任務に取り組むどころじゃありませんよ」

リリィが陰鬱《いんうつ》な表情で口にした。

「や、やっぱり自分以外の方が良かったっすよね……」サラは、泣きそうな表情で言った。

「きっとモニカ先輩やティア先輩なら、もっとうまく……」

「……っ」

他の仲間の名をあげられ、ジビアがぐっと唇《くちびる》を噛《か》んだ。

自身に向けたであろうサラの言葉が、ジビアの心にも突き刺《さ》さる。

その時、廊下《ろうか》からどたどたと誰《だれ》かが駆《か》けてくる音が聞こえてきた。サラが慌ててベッドの下に潜《もぐ》り込んだタイミングで、オリヴィアが部屋の扉《とびら》を開けた。

「どうしたのっ？　さっき、悲鳴みたいなのが聞こえたけどっ？」

さっきのサラの悲鳴を聞きつけたらしい。

あー、とジビアが頭を掻《か》いた。

「メイド長、すみません。虫が出て、びっくりしちゃって」

「もうっ。虫くらいで。みっともないわよ？」

オリヴィアは頰《ほお》を膨《ふく》らませた。

ジビアは、彼女の姿を観察した。てっきりもう寝間着《ねまき》に着替《きが》えているかと思ったが、まだメイド服。一仕事していたらしい。

「メイド長は、戸締《とじ》まりの確認《かくにん》？　代わろうか？」

「そうよ。でも、大丈夫《だいじょうぶ》。これはさすがに新人には任せられないわ」

遠慮《えんりょ》がちにオリヴィアがはにかんだ。

彼女が気を緩《ゆる》めていると見抜《みぬ》いた時――。

「また虫がっ！」とジビアが叫《さけ》んだ。

「ひゃっ！」

オリヴィアはジビアに飛びついた。

あられもない声だった。

虫が苦手らしく、しばらく足をばたばたと動かしていたが、やがて虫がどこにもいないことに気が付くと大きく息を吐《は》いた。

「わ、私は寝るから！　もう！　静かにしなさいねっ！」

顔を赤くして、部屋から出ていった。虫に動揺《どうよう》したのが恥《は》ずかしかったらしい。

リリィと、ベッドから抜け出したサラが、不思議そうにジビアを見る。

なぜオリヴィアを驚《おどろ》かせたのか。

その答えとして、ジビアは手に持っているものを掲《かか》げた。

「鍵《かぎ》……？」リリィが呻《うめ》く。

「――もう盗《ぬす》んだ」

戸締まりの確認をしているのだから、当然持っているだろう。

彼女が掠《かす》め取ったらしい。

ジビアは持ち込んだカバンから一冊の本を取り出した。本の中身は空洞《くうどう》。その空洞には、銃《じゅう》も保管してあるが、ジビアの目的はそれではない。粘土《ねんど》。鍵を押し当て、型を取る。すぐに鍵の複製をつくって、本物はこっそり返しておけばいい。

「あー、もうウジウジせず、シンプルにいこうぜ？　要はあのジジイを大人しくさせればいいんだろ？　んなもん、さっさと弱みでも握《にぎ》っちまえばいいんだ」

強引《ごういん》ではあるが、一番簡潔な解法。

うまく事が運んでいない以上、仕方がない。

「忍《しの》び込んで、あたしが一気にケリをつけてやんよ」

凛然《りんぜん》とした瞳で、ジビアは舌を出した。

◇◇◇

翌日の夜、ジビアは行動を開始した。

誰にも気づかれないよう照明をつけずに移動し、書斎《しょさい》の前まで辿《たど》り着く。

扉は複製した鍵で易々《やすやす》と開いた。

書斎には、部屋を埋《う》め尽《つ》くすほどの書類が積まれていた。秘書を一人しか雇《やと》っていないせいで整頓が行き届いていない。棚《たな》に入りきらない本が床《ゆか》に重ねられ、足の踏《ふ》み場もなかった。

（一通り探《さぐ》れば、弱みの一つや二つくらい見つかるだろ）

ペン形の懐中電灯《かいちゅう》を口にくわえて、金銭や健康に関《かか》わる書類を早読みしていく。本人に脱税《だつぜい》や違法献金《いほうけんきん》の気はなくても、ミスがあるかもしれない。あるいは健康面に問題があれば、それで強請《ゆす》っても良い。

ここ最近健康診断《しんだん》を受けたらしい手紙がすぐに見つかった。が、肝心《かんじん》のその結果通知が見当たらない、未発行か、あるいは捨てたか。診断を受けた病院だけは判明した。

書類を次々と広げていくと、ふと見覚えのある単語が目に留まった。

――孤児院《こじいん》。

そんな単語が記された背表紙。

任務のことを脇《わき》に置いて、開けていた。

公的な資料ではなく、ウーヴェが個人的にまとめた報告書らしい。写真を見るに、世界大戦後か。痩《や》せこけた子供たちがフィルムに収められている。語られているのは、凄惨《せいさん》な食糧《しょくりょう》事情。野菜も肉も配給されない戦後直後、ウーヴェは孤児に食料を配りにいったらしい。そうだ、記憶《きおく》を辿ればジビアの妹たちがいた孤児院もまた――。

「そこでなにをやっている！」

背後から怒号《どごう》が響いた。

（しまった……）

警戒《けいかい》を怠《おこた》っていた。

失態の自覚と共に振《ふ》り向くと、顔を真っ赤にしたウーヴェが立っていた。叩《たた》きつけるように照明のスイッチを押した。白熱電球がじんわりと部屋を照らし始める中、ウーヴェは壁《かべ》に手をつき、慎重《しんちょう》な足取りで壁伝いに移動した。

壁には、小銃がかけられていた。

それを手に取ると、躊躇《ちゅうちょ》なく構えて、ジビアに銃口を向けてくる。

「やはり貴様が殺し屋かあああぁっ！」

「いや、違《ちが》うって！」

両手を上げて、無抵抗《むていこう》を示した。

「あのな、ずっと思ってんだが、こんな可憐《かれん》なメイドが殺し屋のわけねぇだろ」

「貴様の目つきは、極悪人《ごくあくにん》のそれじゃ！」

「酷《ひど》くねぇかっ？」

ツッコみながら、どう嘘《うそ》をついて切り抜《ぬ》けようかと頭を巡《めぐ》らせる。

このまま屋敷《やしき》を追い出されたら、任務失敗の気配は濃厚《のうこう》だ。

しかし、ジビアが言葉を発する前に、ウーヴェが怪訝《けげん》そうな声をあげた。

「ん、貴様、その資料に興味があるのか？」

彼の視線の先にあったのは、ジビアが握っている報告書だった。

たまたま握りながら、両手を上げていた。

「……ん、まぁな」と話を合わせる。

「理由は？」

「それは、お勉強みたいな――」

「いや……尋《たず》ねまい」

そこで、ウーヴェは小銃を下ろした。真っ赤だった顔も素面《しらふ》に戻っている。

「ただの資料じゃ。読みたきゃ読め」

「あ……？」

やけに、あっさりと許された。

まだ何も誤魔化《ごまか》していないのに。

「孤児院を回る時に、こんな話を聞いた」

ジビアの戸惑《とまど》いをよそに、ウーヴェは椅子《いす》に腰《こし》をかけ、語りだした。

「八年前か。戦後の混乱に乗じて、ギャングが蔓延《はびこ》り始めた時代があった。戦傷手当ての詐欺《さぎ》だの、主人が亡《な》くなった家の不動産を買い叩くだの、ま、混沌《こんとん》としているのは今も変わらんが、今よりも尚《なお》な」

ゆっくりとした語り方だった。

しゃがれた声なので、まるで御伽噺《おとぎばなし》のように聞こえてくる。

「特に『人食い《ひとく》』というギャングが悪辣《あくらつ》でな。首都で悪行の限りを尽くしていたよ。遊ぶように人を殺した。特にその頭首はな、消えるんじゃよ。幽霊《ゆうれい》のように人の意識から消える。そして一方的に心臓にナイフを突《つ》き立てて殺す。警察や都民を震撼《しんかん》させた男だ。悪魔《あくま》の末裔《まつえい》としか思えん」

「…………」

「しかし、頭首は逮捕《たいほ》され、『人食い』は崩壊《ほうかい》した。理由は分かるか？」

「…………さぁ？」

「その頭首の長女が、警察に密告した」

どこか誇《ほこ》らしそうに、ウーヴェは言った。

「素晴《すば》らしいじゃろう？　九歳の少女が妹や弟を守るために、正義を貫《つらぬ》いた」

「…………」

「その妹弟は無事孤児院に引き取られたが、直後に、長女は失踪《しっそう》したらしい。金を稼《かせ》ぐためにな。勇ましい娘《むすめ》だ。噂《うわさ》では首都で探偵《たんてい》の下働きをしているとか、歳《とし》を偽り紡績《ぼうせき》工場に従事しているとか、消息は不明だが……ちょっとした美談じゃよ」

語り終えると、ウーヴェは大きく息を吐いた。

ジビアは肩《かた》をすくめた。

「そんな噂をなんでわざわざ？」

「その長女は、凜然とした白髪《はくはつ》の少女だったと思い出してな。今なら、ちょうど貴様くらいの年齢《ねんれい》か。確か名前は――」

ウーヴェは、ある名前を語った。

親の思想を反映するような、低俗《ていぞく》な単語だ。

「……別人だな」

「ふん。深くは追及《ついきゅう》すまい」

憮然《ぶぜん》とした態度でウーヴェは鼻を鳴らした。ジビアから報告書を返されると、それを電球に照らして目を通し、乾燥《かんそう》しきった唇《くちびる》を舐《な》めた。

「ただ、貴様なら知っているんじゃないか？　戦後の孤児院がどれほど過酷《かこく》な環境《かんきょう》であったか。大陸から購入《こうにゅう》した食糧は最低限で、福祉施設《ふくししせつ》に回す余剰《よじょう》がなかった。儂《わし》も奔走《ほんそう》したがな、政府が優先したのは経済政策や国土開発ばかり」

「あぁ、知っているよ……」

「状況《じょうきょう》は今もそう変わらん。儂が怒鳴《どな》り散らしても、福祉に回されるのは極《ごく》一部」

ウーヴェの声が小さくなった。

「――だからこそ、儂自ら無駄《むだ》を切り詰《つ》めて、僅《わず》かでも金を送らねばならんのだ」

「…………」

それが、ウーヴェの過剰《かじょう》な節約意識の根底らしい。

たとえ気休めであろうと、日々の節約で余剰を見いだして寄付金に充《あ》てる。副大臣という本来ゆとりある生活を送れる身分を考えれば、あまりに高潔な精神だ。

その衝動《しょうどう》は、ジビアにも痛いほど理解できた。

「だから、メイドにも節制を命じるってことか……」

彼のことを誤解していた。ただの横暴な老人ではない。

「分かったよ。明日からは、あたしも切り詰めて働くように――」

「――いいや、儂が告げたいのはそうではない」

「ん？」

「資料くらい今晩のうちに好きに読め、という意味だ。書斎に立ち入ったことも不問に付してやる」

やはり、よく分からない。

不思議に思っていると、ウーヴェが告げてきた。

「――貴様たちは明日でクビだ」

「は？」

間抜けた声が漏《も》れた。

冗談《じょうだん》かと思ったが、ウーヴェの表情は真剣《しんけん》だった。

「懇意《こんい》の政治家の顔を立てるために雇用《こよう》したがな、やはり無駄は省かねばならん。三人も要《い》らんじゃろう。明日の昼過ぎには出て行け」

呼吸が止まった。

まさか彼が既《すで》にそこまで決断していたなんて。

仮に全員クビにでもなれば、任務を達成するどころではない。

「ちょ、ちょっと待ってくれ。あたしらがいなきゃ屋敷は汚《きたな》くなる一方だぞ」

「客間さえ清潔ならば十分。オリヴィア一人でなんとかなる」

「いや、だからって極端《きょくたん》すぎ――」

「先ほども伝えたはずだ。無駄は省かねばならん。たとえ、どんな些細《ささい》なことでもな」

ウーヴェの意志は固かった。

その目には、決して言葉だけは曲げない力強さが感じられた。

悔《くや》しいが、今は説得を諦《あきら》めるしかなさそうだ。

「……じゃあ、一個聞かせてくれ」

ジビアは尋ねた。

「徹底的《てってい》に無駄を嫌《きら》うアンタが、どうしてこんな豪華《ごうか》な屋敷を売らないんだ？」

その質問を、ウーヴェは嫌《いや》みと受け取ったらしい。眉間《みけん》に皺《しわ》が寄った。

「元々こんな辺鄙《へんぴ》な場所にある屋敷だ。大した売値にならん」

「あとは、殺し屋対策か？」

敵は一般人《いっぱんじん》に紛《まぎ》れ込む方法が使えない、スパイにとっては厄介《やっかい》なはずだった。

ウーヴェは力強く首肯《しゅこう》した。

「……儂はまだ死ぬ訳にはいかん。この国の福祉には、まだ儂が必要だ」

ジビアは口の端《はし》を歪《ゆが》める。

「そうかよ。だったら、まだクビになる訳にはいかねぇな」

一方的に告げて、ジビアはウーヴェに背を向けて書斎《しょさい》から飛び出した。

タイムリミットは十二時間を切っている。

それまでにクビを回避《かいひ》する手段を探さなくてはならない。

クラウスが自分を指名した理由がようやく分かった。

間違いない。自分には——ウーヴェを守る意義がある。

◇◇◇

リリィとグレーテは使用人室で鷹《たか》と戯《たわむ》れていた。

精悍《せいかん》な顔つきで生肉をついばむ姿を見て、おー、と歓声《かんせい》をあげる。

鷹はサラがまた持ち運んでくれた。前回はジビアに追い出されてしまったが、人に馴れた動物は少女たちの疲弊《ひへい》した心を癒《いや》してくれた。

隣《となり》では、サラが「この子の好きなものは……」と解説している。

本来作戦会議の予定だったが、まだジビアが戻《もど》ってこない。彼女が戻ってくるのを待ち、鷹の羽にブラッシングをかける。

すると、廊下《ろうか》から足音が聞こえてきた。

扉《とびら》が開くと、そこには唇を噛《か》み締《し》めるジビアがいた。後悔《こうかい》なのか、決意なのか、一目では区別しにくい。

「どうでした？　うまく素敵《すてき》な情報を盗《ぬす》み出せ――」

「いや、ウーヴェさんに見つかった」

リリィが声をかけると、ジビアは首を横に振った。

ジビア以外の少女たちは、あっ、とすぐに事情を察して、三人同時に頭を下げた。

「「「……お勤めご苦労様でした」」」

「まだクビにはなってねぇよっ！」

少女たちはジビアの解雇《かいこ》を確信したが、違《ちが》ったらしい。

しかし、ジビアが事の顚末《てんまつ》を明かすと、そう外れてもいなかった。最悪ジビアだけではなく、三人全員がクビになるという。

「ピンチじゃないっすか」とサラが悲鳴をあげた。

その言葉に首肯して、ジビアは声のトーンを落とした。

「で、ちょっと身の上話をしたいんだけど」

「ん、このタイミングで？」リリィが首を傾《かし》げる。

「いいから聞いてくれよ。実はあたし、昔、妹や弟と孤児院《こじいん》に入っていた時期があったんだ。死ぬほど貧しい孤児院でさ。なんだか腹が立って、あたしはスパイに志願したんだよ。こんな世界を少しでも変えたくて。ウーヴェさんの志と近い部分があるんだ」

自嘲《じちょう》するようにジビアは笑った。

「だから今はすごく嬉《うれ》しい。アイツ……先生はあたしの想《おも》いを汲《く》んでくれたんだなって」

一度俯《うつむ》き、そして、再び顔をあげた時には、ジビアの瞳《ひとみ》に光が宿っていた。

「先生の期待に応《こた》えたいし、ウーヴェさんも守りたい。頼《たの》む、協力してくれ」

凛然《りんぜん》とした、彼女らしい力強い声だった。

他の少女たちは、そのジビアの熱量をすぐに理解できなかった。なにかあったことは想像がついたが、詳細《しょうさい》はジビアも語る気はないようなので追及しなかった。

その炎《ほのお》のように熱い意志さえ感じられれば、十分だ。

リリィが「まぁ、協力も何も任務ですからね」と茶化し、ジビアが「そうなんだけどさ」と照れ臭《くさ》そうにはにかんだ。

「あ、あの」

そこでサラがおずおずといった様子で手を挙げた。

「自分もジビア先輩《せんぱい》の気持ち、分かるっす。自分は臆病《おくびょう》だしダメダメで、今も他の仲間の方が良かったんじゃないかって思ってますけど」一旦《いったん》区切って告げる。「でも、選ばれた時は無茶苦茶嬉しかったっすね」

その告白が恥《は》ずかしかったのか、顔を真っ赤にしている。

リリィが、はん、と勝ち誇ったような笑《え》みをこぼした。

「お二人とも単純ですねー。わたしは当然選出されると思っていましたよ。常識的に考えて、こんな大事な任務にリーダーが外される訳ないじゃないですか」

「リリィ先輩の部屋から、やったぁって騒《さわ》ぐ声が聞こえたっす」

「という証言があるが？」

ジビアの追及に、リリィの顔がぴきっと固まった。

「……い、いや、わたしは毎日そう叫《さけ》んでいますよ？」

「どんな習慣だよ」

そんな仲間を見て、グレーテがふふっと噴《ふ》き出した。

ジビアが「どうした？」と尋《たず》ねると、彼女は嬉しそうに述べた。

「……いえ、きっとボスは皆《みな》さんの感情を見《み》抜《ぬ》いて、指名したのだろうな、と……」

「惚《ほ》れ直したか？」

「いえ、想定通り……想定通りの魅力《みりょく》です……」

グレーテがたっぷりと惚気《のろけ》る。

「……そして、ボスの期待に応えたいのは、わたくしも同じです」

「だよな」

四人は同時に頭を突《つ》き合わせた。

円陣《えんじん》を組むように密着して、小声で議論を始めていく。

「で、どうやってクビを回避します？」リリィが不敵に笑う。「脅迫《きょうはく》でもします？」

「お前たちの案は？」

「……オリヴィアさんに変装し、わたくしたちの雇用継続《こようけいぞく》に誘導《ゆうどう》、でしょうか……」

「ウーヴェさんに毒を盛って、颯爽《さっそう》と助けて好感度を稼《かせ》ぐとか？」

「自分なら、そうっすね、まずウーヴェさん以外の人に交渉《こうしょう》するっす」

ジビアの投げかけに、他の少女がすぐに案を挙げていく。

グレーテの高度な計画、リリィの姑息《こそく》な計画、サラの慎重《しんちょう》な計画。

ジビアは白い歯を見せた。

「あたしは美味《うま》い飯を食わせて、メイドを認めさせたい」

「うわ、力業《ちからわざ》」リリィが手を叩《たた》いた。「でも、いいですね。ジビアちゃんらしくて」

自然と反対意見は生まれない。

四人の少女たちは頭をくっつけた姿勢のままで、口元に笑みを浮《う》かべる。

「さぁ、計らずも料理のリベンジマッチだ。今回は、一人、知将もついたし――」

「……いえい」

「え、突然《とつぜん》どうした」

「……ジビアさんたちの高いテンションに合わせようと……いえいだぜ……」

「無理しなくていいぞっ？」

「い、いえいっす！」

「わたしたち、日頃《ひごろ》からそんなアホみたいな挙動してますかっ？」

どこか間抜《まぬ》けたやり取りのあとでジビアが宣言した。

「任された以上は、胸を張っていくぞ、この四人で！」

全員がごつんと額をぶつけ合った。

◇◇◇

少女たちは、二つのチームに分かれた。

翌日の朝、屋敷《やしき》のキッチンに立つのはグレーテとリリィ。彼女たちは早朝に買ってきたばかりの食材を並べて、腕《うで》を組んでいた。

「って、そもそも美味《おい》しい料理を作るだけで打開できる状況《じょうきょう》なんですかね？」

リリィが今更《いまさら》な疑問を口にする。

「そこは、ジビアさんを信頼《しんらい》しましょう……」

グレーテが台所に並べたのは、色とりどりの香辛料《こうしんりょう》だった。トウガラシ、胡椒《こしょう》、ピンクペッパー、カルダモン、ジンジャーと数々の種類が並ぶ。

「わたくしたちは、料理の下準備を始めます……リリィさん」

「はいっ！　味見は任せてくださいっ」

リリィが胸を張る。彼女には、前回クラウスを罠《わな》をかけた際に試作品を平らげた実績がある。それを掲《かか》げて味見担当に任命される算段だったが――。

「……いえ、なぜリリィさんが味見を？」

グレーテがストップをかけた。

「ふぇっ？」

「レシピ通り、材料を量る、潰《つぶ》す、加熱する、混ぜる、煮《に》る――どう考えても、毒の調合に長《た》けたリリィさんが得意に思えるのですが……」

「…………」

「気づいてなかったのですか？　もしかして前回も食欲に目が眩《くら》んで――」

「今の話、ジビアちゃんには内緒で！」

そうリリィは言い張って、香辛料の下処理をし始めた。丁寧《ていねい》に磨《す》り潰し、香《かお》りが弱い箇《か》所《しょ》を取り除き、炒《い》って香りを際立《きわだ》たせる。得意分野とあって、その手際《てぎわ》には一切淀《いっさいよど》みがない。元々彼女は毒の使い方に不安は残るが、調合自体は完璧《かんぺき》なのだ。

グレーテは満足げに頷《うなず》いた。

「……本来これだけの香辛料の処理には二時間もかかりますが、半分で済ませましょう」

「む、無茶ですよぅ！」

「わたくしが指示を出しますので、十分に可能ですよ……」

相方の悲鳴を聞き流して、グレーテは精密な計算を始めていく。

彼女にかかれば、仲間の動きを秒単位で予測することなど造作もなかった。

◇◇◇

ジビアとサラは首都近郊《きんこう》まで出向いていた。

借りてきたバイクに二人乗りして、整備された道を飛ばしていく。モタモタしていると間に合わなくなる。幸い、小国のディン共和国とはいえ、首都周辺は道路整備が進んでおり、高速道路がすぐ近くまで延《の》びていた。

ジビアたちが止まったのは、ある大型施設《しせつ》。ディン共和国を代表する国営病院だ。広大な敷地《しきち》には、五階建ての石造りの建物がまるで城のようにそびえ立っている。

何も知らされないまま連れてこられたサラは目を丸くした。

「えっ、ここっすか？」

「そ、ここでウーヴェさんが健康診断《しんだん》を受けたらしい」ジビアはヘルメットを脱《ぬ》ぐ。「その結果が屋敷のどこにもねぇんだわ。だから受けた病院を訪ねるしかなくて」

「診断書の再発行っすね」

「うーん、それが無理なんだよなぁ。代理人の証明が必要で、時間が足んねぇんだわ」

ジビアたちの目的は、ウーヴェの健康診断書だ。

それが説得に不可欠とジビアは考えていた。しかし入手するには一筋縄《ひとすじなわ》ではいかない。

不思議そうに唇《くちびる》をすぼめるサラに、ジビアは不敵な笑みを浮かべて告げた。

「だから――ここから盗《ぬす》む」

「国営病院っすよ⁉」サラの顔が引きつった。

「しっ。声が大きい」

「で、でも、セキュリティが固いに決まってるっすよ！　職員だってたくさん……」

「いい、いい。デカい方が忍《しの》び込みやすい。更衣室の鍵《かぎ》を盗んで、ロッカーからナース服盗んで、ナースのフリして、書類棚《だな》から結果を盗み見するだけだ。余裕《よゆう》、余裕」

にこやかに手を振《ふ》ってみせる。

「あたしが合図したら、バーナードを窓から飛び込ませてくれ。ちょっとの騒動《そうどう》を起こしてくれれば、その隙に事を済ます」

ジビアは柔軟体操《じゅうなん》を始めて、準備を整えていく。

「…………」

サラはしばらく唖然《あぜん》としていた。

が、やがて諦《あきら》めたように「まったく。仕方ない先輩っすね」と息をついた。

その表情は呆《あき》れているが、どこか楽しんでいるようにも見える。

彼女が指笛を吹《ふ》くと、空から一羽《いちわ》の鷹《たか》が舞《ま》い降り、サラのすぐ横に止まった。

「タイミングだけじゃなく、ルートも指定して大丈夫《だいじょうぶ》っすよ」

「めっちゃ助かる」

希望を伝えて準備を済ませると、ジビアは凜然とした声で宣言した。

「コードネーム『百鬼』――攫《さら》い叩く時間にしてやんよ」

そうして彼女は病院の中に入っていく。

結局、サラは外で待機しており、病院内の様子は見られなかった。

また、当然彼女はジビアの出自を知らない。その彼女の圧倒《あっとう》的な技術がどのように磨《みが》かれ、なにより、どれだけ忌《い》まわしい存在から才能を引き継《つ》いだのかを知らない。

サラが把握《はあく》している事実は一つ。

『百鬼』の名を持つジビアという少女は——窃盗の天才ということ。

◇◇◇

その日の昼、料理は完成した。

グレーテの指示に従い、リリィが作り上げたのは因縁《いんねん》のロールキャベツ。豚肉《ぶたにく》の代わりには、レバーなどの内臓を多く使用した。その強い臭《くさ》みを消すためにホワイトソースではなく、香辛料がたっぷり入ったエスニック風のスープになっている。

リリィも味見をしたが、間違《まちが》いなく美味しく出来上がった。一口スープを飲むだけで、スパイスの香りが鼻に抜ける。

文句なしの絶品に仕上がった。

しかし、問題は一つ——肝心《かんじん》のジビアがまだ帰ってこなかった。

（……さすがに、これ以上は待てませんね）

リリィはそう判断して、出来上がったロールキャベツを運んだ。料理のクオリティは問題ないのだ。これを食べて、不満に感じる人間はいないだろう。

しかし、食堂でウーヴェが口にしたのは、思いもよらぬ感想だった。

「マズいぞっ！」

「え……？」

「昨日よりはマシだが、とても食えたもんじゃないわ！　貴様が食えっ」

顔をしかめて、ロールキャベツの皿を突き返される。彼が手に取ったのは、添《そ》えられたパンだけだ。それもマズそうな顔で口に運ぶ。それで食事は終わりというように。

リリィは唖然とした面持《おもも》ちで、放置されたロールキャベツのソースを舐《な》めた。やはり味に問題があるとは思えない。この老人の好みが常人とはかけ離《はな》れているとしか。

ウーヴェは鼻息を荒《あら》くさせ、腕を組んだ。

「ふん。だが、まぁいい。どのみち貴様たちは、もう全員ク――」

「――いや、美味《うま》いはずだぜ？　その料理は」

リリィが振り向くと、そこには肩《かた》で息を切らしているジビアが立っていた。全速力で駆《か》けつけてきたらしい。

彼女は大股《おおまた》で、食堂に座るウーヴェに詰《つ》め寄った。

「なぁ、ウーヴェさん。ワガママ言わずに、それは食っておいた方がいいぜ？」

「なんだ貴様突然……」

「病院で血液検査の結果を見たよ。赤血球数が基準値より大きく下回っていた。ビタミン不足の症例《しょうれい》だな」

ジビアは告げた。

「薄々《うすうす》察してんだろ？　アンタは味覚障害を患《わずら》ってんだ」

「……っ！　バカを言うなっ！」

ウーヴェは怒鳴《どな》り返した。顔を赤くさせて、罵声《ばせい》を浴びせる。

「勝手なことを言うな。この儂《わし》に味覚障害など——」

「誰《だれ》が食っても美味い飯をただ一人『まずい』って言ってんだ。疑うしかねぇだろ」

ジビアは彼を睨《にら》みつけたまま、言葉を繰《く》り出し続ける。

「世界大戦後、アンタは身を切るような節約に励《はげ》んだ。昨日の資料に写真があったよな。特に戦後すぐは自ら孤児院《こじいん》に行き、食料を配った。配給が行き届かない子供も、しっかりと食事がとれるように。その行為《こうい》は尊敬するが、やりすぎたんじゃねぇのか？」

ジビアは呆れたように目を細めた。

「アンタ、自分の食料さえも寄付したんだろ」

「ふん。それの何が悪い？」

「悪いに決まってんだろ。必要な栄養を摂取《せっしゅ》してねぇんだ。で、味覚障害を患った。偏食《へんしょく》と相まって、どんどん悪化したんだろうな。正常に味を感じ取れないほどに」

リリィは、ウーヴェの食生活を思い出していた。パンをまずそうに口にするだけ。栄養バランスもあったものではない。

「リリィ、教えてくれ。さっきの料理、ウーヴェさんはどうコメントした？」

「『昨日よりはマシだ』と」

「やっぱりか。味覚が感じ取れないと、香辛料が強い料理が好みになるんだ」

ジビアは勝ち誇《ほこ》ったような笑《え》みを見せた。

「ウーヴェさん、殺し屋が来るまでもない。こんな栄養状態なら早死にするぞ？」

「…………」

「あたしらを雇《やと》え。もう『無駄《むだ》』とは言わせない。毎日栄養ある食事を作って、味覚も戻《もど》して、そして、今度こそ美味い飯を食べさせてやるからよ」

ジビアの声は乱暴であったが、どこか優《やさ》しさが混じっていた。

——美味《おい》しい飯を食わせたい。

その宣言は絶品を作るという意味ではなく、正常な味覚を取り戻させるという意味か。

彼女らしい力業《ちからわざ》。料理をマズいというならば——美味いと感じる味覚にさせる。

少なくともリリィにはない発想だった。

ウーヴェはジビアの言葉を噛《か》み締《し》めるように口を閉《と》ざしていた。それから再びリリィからロールキャベツの皿を取り返し、スプーンでソースを口に運んだ。そして顔をしかめる。

やはり彼には味を感じ取れないようだ。

「……貴様の言うことは正論じゃな」

ため息のような言葉だった。

「当然察してはおったよ。やはりそうか……味覚障害か……」

「察していたなら、なんで直に申告しねぇんだよ？」

「老いを認めたくなかった……老化もまた一つの要因じゃろう？」

「おそらくな」

「気を遣《つか》いおって。それなら、そう言えばいいじゃろう」

ウーヴェは口元を緩《ゆる》めた。

少女たちが見る初めての穏《おだ》やかな笑顔だった。

「だがな、ジビア……それでも儂は無駄を省かねばならんのだよ」

ウーヴェは告げた。

「孤児院だけじゃない。この国にはな、一日を一つのパンで終える人々が多くいる。そんな中、この国の福祉《ふくし》を担《にな》う儂が四人も使用人を雇っていたら、世間はどう感じ取る？」

「……アンタは高潔な政治家だな」

ジビアが小さく肩を上げ下げした。

「じゃ、一人だけクビにしろよ。それでギリギリ仕事は回る」

それが双方《そうほう》、ちょうどいい妥協点《だきょうてん》なのだろう。

ウーヴェにも政治家の信条があり、少女たちにもスパイとしての使命がある。

ジビアの提案に対し、ウーヴェはゆっくりと沈《しず》み込むように頷《うなず》いた。


かくしてジビアの働きによって、二名の解雇《かいこ》は免《まぬか》れることになる。

潜入《せんにゅう》任務は一人除き、依然継続《いぜんけいぞく》。

◇◇◇

屋敷《やしき》から一時間歩くと、ようやく小さな町に到着《とうちゃく》する。

ジビアは軽く息をついて、指定された場所に向かった。

町の隅《すみ》のタバコ屋が待ち合わせ場所だった。薄汚《うすぎたな》い小屋のような商店。一人が中に入ってしまえば、カウンターに座る店員を除けば一杯《いっぱい》になってしまう。店に窓は存在するが、敷《し》き詰められたタバコやジュース瓶《びん》に塞《ふさ》がれて、中の様子は見られない。

クラウスはカウンター席に座っていた。

新聞に顔を半分隠《かく》している。国内であろうと、警戒《けいかい》を怠《おこた》る様子はない。

正直彼がどこで何をしているのか、ジビアたちは詳《くわ》しく把握していない。どこかで諜報《ちょうほう》活動を進めているだろうが。

「グレーテから報告を受けたよ」クラウスが口にした。「素晴《すば》らしい活躍《かつやく》だったそうじゃないか。よく褒《ほ》めていたよ」

「そりゃどうも」

ジビアは首を横に振った。

「でも、あたしは解雇されちまったよ。悪かったな」

メイドを続けられたのは、グレーテとリリィだけだった。誰か一人をクビにするという状況《じょうきょう》で、ジビアが自ら名乗りを上げた。ウーヴェは不服そうではあったが、ジビアの意思を認めてくれた。

「そうか。ウーヴェ氏を懐柔《かいじゅう》した働きは素晴らしかったんだがな」

「……ま、実は、それも全部あたしの手柄《てがら》じゃねぇしな」

「そうなのか？」

「アンタがくれたヒントのおかげだよ」

ヒント、とクラウスが言葉を繰り返したので、ジビアは首を縦に振《ふ》った。

「ずっと疑問だった。あたしは、アンタが一度作ったロールキャベツを再現した。なのに、それをアンタが微修正《びしゅうせい》したロールキャベツの方が遥《はる》かに美味かったんだ」

失敗したあとも、その理由を考え続けた。

同じ製法、同じ調味料の分量だったにも拘《かかわ》らず、どこで差が出たのか。

仮説はいくつか思いついた。

「アンタさ、ロールキャベツを盛り付ける時、どうやったか覚えているか？」

「なんとなくだ」

「料理を八つの皿に取り分けたあと、更《さら》に調味料を加えたんだ」

ジビアは見逃《みのが》さなかった。

全体の味を変化させるだけなら、ソースに調味料を加えればいい。しかし、クラウスは調味料を一皿一皿、順番に振りかけていった。

「アンタは相手の栄養状態を考えて、酢《す》や香辛料《こうしんりょう》を調整した——そう推測したんだよ」

もちろん、これは仮説だ。

クラウスの行動は無意識だから、真実は謎《なぞ》だ。味の好みで調整しただけかもしれない。

しかしサラは言った——身体《からだ》が喜ぶような感覚だったっす、と。

料理は食べる相手の健康まで考慮《こうりょ》する。その発想がジビアの頭に残ったのだ。

「まぁ、偉《えら》そうに解説しても、あたしはクビだけどな。三人全員クビを回避《かいひ》しただけでも、及第点《きゅうだいてん》としてくれよ」

「………………」

クラウスはしばらく何も言葉を発しなかった。その表情は何も物語らない。

叱責《しっせき》されるか。

あるいは、落胆《らくたん》されるか。

言い渡《わた》された仕事の失敗は、初めてだ。

どんな反応をされるか分からない。自然と身体が強張《こわば》った。

「大見《おおみ》栄《え》切って、無様に失敗したことは謝るよ」ジビアは身を乗り出した。「でも、ここから挽回《ばんかい》する。サポートに回って、任務を成功させる」

「いや」クラウスが口を開いた。「意味が分からない」

「っ!」

感情を感じさせない、冷たい言葉だった。

彼はそのままの口調で続ける。

「サポートはサラで十分だ。屋敷外には僕もいる。これ以上は不要だ」

「そんな……」

全身から血の気が引いていく。

まさかここまで強く拒絶《きょぜつ》されるなんて。

「……みっともないことは分かっているよ」

ジビアは身を乗り出して告げた。

「でもお願いだ。もう一度チャンスをくれ。次は必ず──」

「そろそろ、お前に尋《たず》ねたいな」

クラウスは足を組んだ。


「──このお遊びにはいつまで付き合えばいい？」


「ん？」ジビアの口から間抜《まぬ》けた声が漏《も》れた。

いつもより控《ひか》えめなバージョンで間違《まちが》いを指摘《してき》された。

「お前は勘違《かんちが》いをしているようだな」

クラウスは目を細めた。ジビアに優しい視線を向ける。

「僕が優秀《ゆうしゅう》な部下を見限る訳がないだろう。挽回？　意味が分からないな。お前は何一つミスを犯《おか》していない。サポートに回る？　不要だ。お前は前線にいるべきだ」

クラウスは告げた。

「極上《ごくじょう》——それが、お前に言い渡す評価だよ」

「え……」

褒めてもらえたらしい。

しかし、喜ぶよりも、納得《なっとく》できない感情が先行する。

「いや、言っただろ。あたしはクビになって、もう屋敷には——」

「戻れるさ。更に、ウーヴェ氏に恩まで売って」

「は？　恩？」

「ビタミン不足による味覚障害——ウーヴェ氏の不調はそれだけだったか？」

ジビアは首を傾《かし》げる。他《ほか》にあるということか？

短気。粗暴《そぼう》。そういった性格の話ではないだろう。

そういえば、ジビアたちと初めて会った時、彼は奇妙《きみょう》な発言をしていた。夕暮れの玄関《げんかん》先《さき》で。髪色《かみいろ》がまったく違う少女たちをオリヴィアの妹だ、と。夜の書斎《しょさい》でジビアと出会った時、彼は電灯の明かりがつくまでやけに歩きにくそうにしていた。

答えはすぐに出た。

「……まさか、夜盲症《やもうしょう》？」

「その予兆があるかもしれない」

暗くなると視力を極端《きょくたん》に落とす症例――夜盲症。

俗《ぞく》に言う鳥目。ビタミン不足が引き起こす症例の一つ。

味覚障害による偏食《へんしょく》。その結果、また別の不調も患《わずら》ったか。明るい部屋で行われる視力検査では、医者も気づかなかった。

クラウスは伝聞だけで察したのか。

いや、さすがに不可能か。彼はなんらかの方法で屋敷を観察していたようだ。

「ウーヴェ氏は屋敷から議会まで自ら運転しているそうだが、もう控えた方が良いだろう。この状況でまさか、運転手の雇用《こよう》を『無駄《むだ》』とは言うまい」

クラウスはさらりと告げる。

「早く屋敷に戻《もど》れ。お前の愚直《ぐちょく》さは、このチームには不可欠だ」

そして脇《わき》にある棚《たな》からジュース瓶を取り出し、その蓋《ふた》を机の角で開けてジビアに差し出してきた。爽《さわ》やかな色のサイダーだった。ちょっとした労《ねぎら》いらしい。

その些細《ささい》なプレゼントに、ジビアは口元をにやけさせる。

見てくれている。

決して強く態度には出さないが、彼は、しっかり自分たちの努力を認めてくれる。

「やっぱりアンタはすげぇな。さすがあたしが尊敬する上司なだけはあるよ」

——だからこそ、あたしはアンタに選ばれて嬉《うれ》しいんだ。

後半の言葉を呑《の》み込んで、ジビアはサイダーを受け取った。

気安い口調で「ありがとな。この恩もまた二倍にして返してやんよ」と笑う。

クラウスは目を細める。

それから二時間後、ジビアは運転手兼《けん》メイドとして再雇用された。

◇◇◇

あっという間に二週間が過ぎ去った——。

諜報活動は滞《とどこお》りなく進行した。

「貴様の運転には無駄が多いな。もっと静かに走れんのか！」

「うっせぇ！　ガタガタ言ってると舌を噛《か》むぞ！」

ウーヴェとジビアは唾《つば》を飛ばし合いながら、屋敷《やしき》に帰宅する。

その応酬《おうしゆう》は主人とメイドというより、生意気な孫と頑固《がんこ》な祖父といった親しさだったが、ウーヴェは礼儀《れいぎ》には無頓着《むとんちやく》だった。彼にとって「無駄」の範疇《はんちゆう》らしい。

「つーか、今日話しかけてきた奴《やつ》は誰《だれ》だよ？　物珍《ものめずら》しそうにあたしを見やがって」

「古くからの友人じゃ。貴様が警戒するような相手じゃないわ」

「なら、いいけどな」

「いちいち腹を立てるな。運転手があまりに若いから気になったんじゃろ」

「失礼だな。運転免許《めんきよ》ならしっかり作ってあんのに………自分で」

「ん？　最後なにを言った？」

運転手にジビアが就《つ》いたことにより、ウーヴェの身辺調査が捗《はかど》った。行く先には常にジビアが付き添《そ》い、常に監視《かんし》できるのも心強い。

ウーヴェの態度も柔《やわ》らかくなり、少女たちはスパイ活動を進める余裕《よゆう》ができた。

屋敷内の住人はもちろん、頻繁《ひんぱん》に出入りする人物を見つけると、身辺調査を行った。トイレや応接室での会話は盗聴《とうちよう》し、場合によっては発信機を取り付けて、屋敷外にいるサラに尾行《びこう》させる。

諜報《ちようほう》活動は前進し始めた。

「しかし、今日一日終わっても、全然不審《ふしん》な人物が見当たらねぇな」

ジビアは夜食の準備をしていたリリィに小声で話しかける。

彼女は「屋敷も異常なしです。平和なのは良いんですけどねー」と呑気《のんき》な声で返した。

そうだな、とジビアは同意する。

始めた時はメイドなんて、と憤《いきどお》っていたが、今となってはこちらもやりがいを感じている。ウーヴェは、理想を叶《かな》えようとする実直な政治家だ。強引《ごういん》な手法を取ることもあるが、それは全《すべ》て児童福祉《ふくし》の改善のためだ。

メイドとして潜《ひそ》んでいる間は、彼の政治活動に協力するにやぶさかでない。

だから、暗殺者など来ないでほしい。

こんな平和が長く続けばいい。


――しかし、世界が甘くないことも知っていた。


絶叫《ぜっきょう》。

庭の方からだ。女性。グレーテではない。それよりも年上。オリヴィアか。

ジビアとリリィは同時に駆《か》け出した。

それと同時に階上からも大きな足音が聞こえてくる。

「オリヴィアあああぁ！　どうしたあっ！」

ウーヴェだった。自慢《じまん》の小銃《しょうじゅう》を抱《かか》えて、寝間着《ねまき》姿のまま駆けてくる。

勝手な行動は謹《つつし》んでほしかったが、護衛対象がそばにいてくれるのは助かる。ジビアと
リリィはさりげなくウーヴェを挟《はさ》むように立ち、庭に向かった。

庭では、オリヴィアが尻《しり》をついて倒《たお》れている。

彼女は青ざめた表情で、空中を指差していた。

「あ、あれ……」オリヴィアの声は震《ふる》えていた。「あそこから、銃弾《じゅうだん》が……」

ジビアは反射的に視線を向ける。

そこにあったのは、屋敷の周囲に立つ高木。

その先端《せんたん》には、人らしき存在が小銃を持って立っていた。

「なんなんだ、あれ……」

ジビアは呻《うめ》いた。


――痣《あざ》。

その人間はフードを被《かぶ》っていたが、満月に照らされて、その口元はハッキリと映った。口を覆《おお》うような痣がある。火傷《やけど》の痕《あと》なのだろうか。呪《のろ》いのように蔓延《はびこ》り、ドス黒く皮膚《ひふ》が変色している。

まるで、それこそ死人のような――。

事前に教えられた情報を思い出す。

あれが――『屍』――？

「気持ち悪い……」オリヴィアが言葉を漏らした。

見たもの全てに嫌悪《けんお》感を与《あた》えるような、おぞましい痣だ。

「喰《く》らええええええっ！」

他の少女が狼狽《ろうばい》している間に、ウーヴェが小銃を撃《う》ち込んだ。

とにかく、この老人は勇ましい。

彼の射撃《しゃげき》は屍が立つ木を撃ち抜いた。銃弾が下方に逸《そ》れたのは、夜盲症が要因か。

屍は木から跳躍《ちょうやく》すると、すぐ闇《やみ》に溶《と》け込み、林の中に入っていく。あっという間に姿が見えなくなった。

迷いは一秒。

「あたしらが追う。ウーヴェさんはメイド長と家に戻って、警察に通報しとけ」

ウーヴェから銃を奪《うば》いとって、ジビアたちは林の中に向かった。

メイドとしては勇敢《ゆうかん》すぎるか。しかし、このチャンスを逃《のが》す手はなかった。

殺す、捕《と》らえるが無理でも、最悪、痕跡《こんせき》一つさえ手にすれば、調査を進められる。

そう算段を巡《めぐ》らせて、一歩林に足を踏《ふ》み入れた時だった。

ワイヤーに足を搦《から》め捕《と》られた。はっとリリィに助けを求めるが、彼女もまたワイヤーに引っかかっている。

罠《わな》だ。完全に闇夜《やみよ》に紛《まぎ》れる位置に設置されていた。

しかも、二人同時にかけるなんて。並の技術ではない。

まるでこちらの動きが全て見抜《みぬ》かれているような――。

足を引っ張られて、身体《からだ》が宙に浮《う》く。なす術《すべ》がない。スカートに仕込んだ刃物《はもの》を取り出す暇《ひま》さえ与えられなかった。もし今銃弾を撃たれたら、避《よ》けられない。

最悪の想像が頭を過《よぎ》る。

ウーヴェとオリヴィアの悲鳴が聞こえてきた。

死ぬ。

「――極上だ」

覚悟《かくご》をした瞬間《しゅんかん》、聞き慣れた声が届き、ワイヤーが千切れた。

ジビアの足が解放される。身体を捻《ひね》って地面にうまく着地した。隣《となり》では、リリィが思いっきり尻から地面に落ちていた。

「とうとう動き始めたか」

ナイフを握《にぎ》りしめたクラウスが立っていた。

森の奥に、暗い双眸《そうぼう》を向けている。

「ジビア、リリィ、今一度気を引き締《し》めろ。とうとう暗殺者が動き出した」

彼はそう告げると、最初からいなかったように、また闇に消えていく。

『灯』と『屍』の闘《たたか》いが始まろうとしていた。

3章　露見《ろけん》

過去の出来事だ。

不可能任務に向けて、グレーテはクラウスから集中的な稽古《けいこ》を受けていた。テーブルを挟んで、チェスでも打つように向かい合う。チェス盤《ばん》の代わりに並べられていたのは、ウーヴェの屋敷の図面だった。

「ウーヴェ氏の居場所は応接間。時間は十四時。僕は配送業者に扮《ふん》して潜入《せんにゅう》する。ポケットにはAを忍《しの》ばせている――」

「……そうですね、まずサラさんの動物で火器類の所持を確認《かくにん》し――」

シミュレーションだ。

脳内だけで普段《ふだん》の訓練を展開していく。クラウスが暗殺者という設定で、グレーテがどう仲間に指示を与えるか即答《そくとう》する。それこそチェスの対局のように、交代で行動を発表し、図面上の駒《こま》を動かしていく。

次第《しだい》にグレーテがクラウスを追い詰《つ》めていった。相手の武器を取り上げて、屋敷の隅《すみ》に追いやっていく。このまま問題ないと思ったが――。

「ここで僕はポケットに持っていたAを開示する」

クラウスが、序盤《じょばん》で伏《ふ》せていたメモを表にした。そこには、場を逆転させるアイテムが記されている。最初から、彼はここまで読み切っていたのだろう。

グレーテは息をついた。

結果は、暗殺者側の勝利だ。仲間の駒は、全て倒れ伏している。

「悪くなかった」クラウスが評価を言い渡《わた》してきた。「もう一回やろう。やれるか？」

「はい、もちろん……」

設定を変更《へんこう》すれば、すぐに闘える。

駒を並べ直して、グレーテが口にした。

「……普段の訓練も、これならボスの負担が軽いのですが……」

「いや、想像と実戦では違《ちが》うさ。それに、細部は僕もうまく説明できない」

例えば『ジビアさんを背後から突撃《とつげき》させます』という行動に対し、クラウスは、『僕は虎《とら》のように対処する』と返されることがある。理不尽《りふじん》すぎる。

しかし、数をこなすという意味では、シミュレーションは効率的だった。

一夜だけで何十回とクラウスと闘い、そして、敗北という経験を重ねられる。

「時に、質問だが――」

合間には、雑談を挟むこともあった。紅茶を飲みながら休憩《きゅうけい》を取る。

グレーテは先に頷《うなず》いた。

「……はい、今日の下着の色は――」

「聞いてない」

「――白です」

「強引《ごういん》に言い切るな」

クラウスが呆《あき》れ顔をした。

とある仲間から、性的な話題をどんどん振《ふ》りなさい、というアドバイスを受けていた。

それを疑うことなく、忠実に従っている結果だ。

とりあえず「……想定通りです」と強がっておく。

「本当は、もっと真剣《しんけん》な質問をしたかったのだがな」クラウスが額を押さえた。

「真剣？」

式場の確保ですか、と言いたい気持ちを呑《の》み込む。本気で愛想《あいそ》を尽《つ》かされかねない。

クラウスがすっと鋭《するど》い視線を向けてきた。

「――お前はどうして養成学校で実力を発揮できなかった？」

本当に真剣な質問だった。

彼の沈《しず》むように深い双眸からも感じ取れる。

「もちろん教官から、他のメンバー含《ふく》めて情報を得ている。リリィはミスが多く、奔放《ほんぽう》な性格もあって周囲と馴染《なじ》めなかった。サラは元々スパイに対するモチベーションが高くない。ジビアは出自の関係で一時期素行が荒《あ》れたことがあった」

その三人は今回組むことになる仲間だ。

自分だけに明かしてくれたのだろう。

「しかし、グレーテ。お前だけはよく分からなかった。何があった？」

「…………」

気遣《きづか》ってくれているようだ。

あまり楽しい話ではないが、自然と頬《ほお》が緩《ゆる》んでしまう。

「きっと言っても信じてもらえませんよ……」

「いや、お前の言葉なら信じるさ」

「……ありがとうございます」

心強い言葉だった。それだけで心臓の鼓動《こどう》が高鳴る。

ティーカップを両手で抱《かか》えるように持ち、秘密を打ち明けた。

「……実は、わたくしは男性が苦手なのです」

存外、クラウスの反応には時間がかかった。

声を出さず、表情筋を一切《いっさい》動かさず、瞬《まばた》きさえしない。

それこそ時が止まったように全身の動きを停止させ、

「…………………………………………………………………………………………」

とかなり長い沈黙《ちんもく》を続けた。

「……ボス？」首を傾《かし》げる。「信じるという約束では？」

「すまん、意味が分からなかった」

さらっと酷《ひど》い発言をされた。

「……だから、わたくしは男性を前にすると、胃が痛くなるのです」

「僕の前では、まったくそんな素振《そぶ》りがないのだが」

「ボスは例外です」

「なんだ、その都合のいい設定は」

クラウスは納得《なっとく》いっていないようだ。

不服そうな視線を向けて、再び深く考え込むように黙《だま》り込んでいたが、やがて「信じる、という約束だからな」という感嘆《かんたん》とも諦念《ていねん》とも取れるコメントを残す。再び紅茶を口に含んで首を横に振った。

「お前の恋心《こいごころ》は謎《なぞ》が多いな」

「そうでしょうか……？」

自身にとっては普通《ふつう》なのだが、やはり彼には不思議に感じられるようだ。

奇妙《きみょう》なことだ。

クラウスは、グレーテという人間の価値を、決定的に変えたのに。

しかし、それを説明したい欲求よりも、別の優先事項《じこう》があった。

「では、わたくしからも質問ですが」

と、話を変えることにした。

「なんだ？」

「手の傷、どうされました……？」

クラウスの手には、赤い線が引かれていた。普段の彼ではありえない怪我《けが》だった。

あぁ、となんてことのないように彼は呟《つぶや》く。

「昼間、緊急《きんきゅう》任務があってな。僕としたことが少々引っ掛《か》けた。すぐ治る」

「……疲労《ひろう》が怪我に繋《つな》がり始めたんです。もうお休みになってください」

「気にするな。どのみちやらねばならない報告書が溜《た》まっていて――」

グレーテはテーブルに置かれた万年筆を取り上げた。

彼が愛用しているものだ。両腕《うで》で抱《だ》きかかえる。

「……ボスが休むまで、この万年筆は返しません」

じっとクラウスを見つめる。

彼は不満げに眉《まゆ》をひそめていたが、最終的には「――極上《ごくじょう》だ」と呟いて、屋敷《やしき》の図面を片付け始めた。訓練の終了《しゅうりょう》を意味していた。

「分かった。今日は、もう寝《ね》るとしよう。とりあえずお前は――」

「はい。もちろん同じベッドで子守唄を――」

「出て行け」

「…………」

まだ言い終わっていないのに、先《さき》んじて制された。

「グレーテ、お前も疲《つか》れているだろう。僕もすぐに寝るから、部屋の電気を――」

言葉がそこで止まった。

振り返ると、クラウスはベッドに倒《たお》れていた。目を閉じて、静かな呼吸をしている。電源が切れたかのような急速な切り替《か》わりだった。

「………早い」

このままでは風邪《かぜ》を引きかねない。慌《あわ》てて彼の身体《からだ》に毛布をかける。

「…………」

普段ならば近づくだけで目を覚ますのだが、彼は眠《ねむ》ったままだった。疲労が溜まっているのだろう。彼がここまで隙《すき》を見せるのは初めてだ。

「……わたくしの前だから油断しているのですか？」

願望を込《こ》めた疑問をぶつけてみたが、彼からの返事はない。

すっと彼の手に触《ふ》れてみる。やはり起きない。深い眠りに入っている。

「……ほんの少しでも、甘えてもらえたのでしょうか？」

固く、温かい、手の感触《かんしょく》を味わいながら、グレーテはそばに居続けた。

――鼓動が高鳴る。

隣《となり》にいて、その安らかな寝顔《ねがお》を見るだけで心が満たされる。太陽に当てられたように身体が温かくなっていく。

愛に見返りを求めてはいけない——頭では理解しても、つい欲が出てしまう。
（この恋愛《れんあい》が実るなんて、露《つゆ》ほども期待しておりませんが……）
グレーテはその手をぎゅっと握《にぎ》りしめた。
「それでも任務を達成して……アナタの期待に応《こた》えられた時……
……一パーセントでも愛情を望むのは、欲張りでしょうか……？」
それは彼女にとって忘れがたい一時だった。

◇◇◇

ウーヴェの懐柔《かいじゅう》を済ませたことで、諜報《ちょうほう》は一気に進展した。
指揮の中心となったのは、グレーテだ。
メイド業務をこなしながら、他の少女たちに次々と指令を飛ばしていく。
彼女の指示に従い、八面六臂《ろっぴ》の活躍《かつやく》を見せたのはジビアだった。

「……ボスより『深海の岩石を擦《こす》るようにウーヴェ氏を探《さぐ》れ』と指令が」

「常人に分かるように頼《たの》む」

「ウーヴェさんから明日の会食の参加者の情報を聞き出せ、という意味でしょう」

そう指示を出せば、彼女は「おぅ」と頷いて、すぐに書斎《しょさい》に飛んでいく。

「うぃーす、ウーヴェさん。そろそろ出発した方がいいんじゃねぇの？」

車の鍵《かぎ》を手にして、気さくにウーヴェに言葉をかける。

ウーヴェからは「普段《ふだん》より一時間早いじゃろ」と叱《しか》られるが、ジビアは「少し天候が崩《くず》れそうでさ。ま、早めに着いたら明日の話でもしようぜ」と言葉《ことば》巧《たく》みに友好を崩さない。

きっと再び屋敷に戻《もど》る頃《ころ》には、彼女は目的を果たしているだろう。

任務をこなしながらも、雇《やと》い主と良好の関係を維持《いじ》し続ける。

現状、彼女が任務の要《かなめ》だった。


ジビアとは異なる方向性で活躍をしているのは、リリィだった。

天性の魅力的な容姿と、持ち前の明るい性格のおかげで、屋敷の住人からは好かれている。養成学校時代ではうまくいかなかったというが、元々ミスをしても許される人柄《ひとがら》だ。多少不自然な行動でも、彼女ならば不審《ふしん》に思われない。

「……リリィさん。会食に備えて盗聴器《とうちょうき》を増やすので、住人の意識を逸《そ》らしてください」

「そう言うと思って、もうバケツを倒して、廊下《ろうか》をびちゃびちゃにしておきました」

「…………」

「先読みの才能に目覚めたリリィちゃんです」

リリィが晴れ晴れしい顔でピースサインをすると、階下からオリヴィアの悲鳴が聞こえてきた。リリィは「こんなに早くバレるとはっ！」と涙目《なみだめ》になって駆《か》けていく。

手段は派手ではあるが、彼女の存在あってこそ他の仲間が暗躍《あんやく》できる。

その持ち味を存分に活《い》かしていた。


屋敷外にいるサラには、雑務を任せていた。

動物を用いて、細かな仕事を任せている。本人は謙遜《けんそん》しているが、彼女にしかできない仕事はかなり多い。

グレーテは、街に買い物に出かける道中でサラと情報交換《こうかん》を済ませた。

「残念ながら、仕掛《しか》けられた罠《わな》に痕跡《こんせき》はなかったっす。ウチの子でも嗅《か》ぎ取れなかったので、対策がしてあるみたいっすね」

その答えはグレーテも予想していたので、ただ頷《うなず》いた。

「……では、明日は一日警戒《けいかい》をお願いします。屋敷周辺で常に待機を……」

「了解《りょうかい》っす」サラは頷き、気弱な瞳《ひとみ》を見せた。「ち、ちなみにまた暗殺者が来る可能性とかは……」

「ないとは断言できませんね……」

「うう。そうっすよね――いや、大丈夫《だいじょうぶ》っす。自分も頑張《がんば》ります」

自分を鼓舞《こぶ》するように頰《ほお》を叩《たた》き、彼女は街角に消えていく。

少女たちの連携《れんけい》がうまく機能し始めた。

◇◇◇

最後の車が去っていくと、屋敷は夜の静けさに包まれる。

車のヘッドライトが山の木々を順番に照らしていき、やがて視界から消えていくと、先ほどの喧騒《けんそう》がまるで嘘《うそ》のようだった。玄関《げんかん》の扉《とびら》を閉める音が、妙《みょう》なリアリティを残して耳に残る。

グレーテは大きく息をついた。

ウーヴェの屋敷で開かれた会食は、無事に終了した。

こんな僻地《へきち》で行われたにも拘《かかわ》らず、総勢三十人もの訪問客が訪《おとず》れた。皆《みな》ウーヴェを慕《した》う政治家や有権者だ。普段使用しない空き室を用いて、四人のメイドが走り回り続けてなんとか乗り切った。

玄関先で肩《かた》の力を抜《ぬ》いていると、ジビアが困った表情で近づいてきた。

「ジビアさん、何か問題でもありましたか？」

「あー、ちょっと問題」

彼女は親指で階上を示して、笑った。

「ウーヴェさんが会食の費用にキレまくってる。ま、持病みたいなもんだな」

「いえ、そういうことではなく……」

ジビアは頷いて、ハンドサインで伝えていた。

『侵入者《しんにゅう》なし。怪《あや》しい奴《やつ》は一通り持ち物を掏《す》ったが、武器の類《たぐい》はなし』

グレーテもハンドサインで応えた。

『サラさんの警戒に異常なし。リリィさんは、珍《めずら》しくメイド業でミスなし』

情報確認《かくにん》が終わる。

つまり、万事《ばんじ》うまくいったということだ。

「グレーテの指示が完璧《かんぺき》だったおかげだよ。さすがだな。絶対無理なスケジュールと思ったのに、魔法《まほう》みたいにスムーズにいった」

「いえ、褒《ほ》められるのはジビアさんたちですよ。自分は裏方におりましたので」

謙遜してみせるが、内心では強い自負もあった。

――うまくやっている。

クラウスの指示がなくとも、自身が現場で判断して、他の少女に的確な指示を出せている。着実に情報を集め、一歩一歩確実に敵を追い詰《つ》めているはずだ。

頭にあるのは、無茶を繰《く》り返す想《おも》い人のこと。

（……ボスには、甘えてもらわないといけませんから）

グレーテは唇《くちびる》を結んだ。

最善を尽《つ》くしている。仲間の協力のおかげで、予定通りに事は運んでいた。

とりあえずメイド業に従事しようと食堂に戻る。大量の食器類が並べられたままだった。

随時《ずいじ》片付けていたつもりだが、いかんせん人数が多すぎる。ウーヴェの方針通り、料理は人数分ギリギリしか用意しなかったが、大量の食べ残しが出た。

片付けを進めていると、ジビアが「ところで、グレーテ」と話しかけてきた。

「この前さ、お前の出自は政治家の家って言ってたよな？」

「……はい。それが？」

「こういう社交界にも出席したのか？　ちょっと羨《うらや》ましいよ。アレだ、『煌《きら》びやか』で」

ご馳走《ちそう》の残りを見て、改めて会食を思い出しているらしい。

ジビアはウットリとした表情を浮《う》かべていた。

今日の会食は、煌びやかという表現が相応《ふさわ》しいものだった。

招待客の中には、ウーヴェの政策に共感を示す財閥《ざいばつ》の関係者もいたし、孤児院《こじいん》あがりの俳優も爽《さわ》やかな笑《え》みを湛《たた》えて交ざっていた。連れられて参加された夫人は、美しいドレスを身に纏《まと》い、全身に宝石をちりばめていた。

急進左派だろうと、政治家の会食はやはり華美《かび》なものとなる。

ジビアには、とても眩《まぶ》しく映ったようだ。

グレーテは首を横に振《ふ》った。

「……いえ、わたくしにはとても馴染《なじ》めない世界でした」

それが正直な答えだった。

当然だ。そうでなければ――自分はスパイなどしていない。

ジビアは「ふぅん」と気の抜けた相槌《あいづち》を打った。「ま、お前、男が苦手だもんな」

何も察しなかった訳ではないだろう。

踏《ふ》み込んでこない優《やさ》しさに感謝する。

「……今はやるべきことに集中しましょう。またいつかお話しします」

誤魔化《ごまか》すように微笑《ほほえ》んで、グレーテは片付けに専念した。ジビアも「りょーかい」と気安く返事をくれる。

グレーテは気を引き締《し》めた。

（そう、集中しなくてはなりません……ボスのために……）

一瞬《いっしゅん》胸の痛みに心を取られるが、首を振って振り払《はら》う。

廊下に出ると、オリヴィアが待ち構えていた。

「グレーテ、ちょっといい？」

普段より一オクターブ低い声だった。説教だろう。その声音《こわね》だけで察する。

──乗り越《こ》えなくてはならない。

自分を鼓舞するために「……想定通りです」とこっそり呟《つぶや》いた。

呼び出されたのは、オリヴィアの使用人室だった。

物が散乱して、ベッドの周囲に積み上げられている。私服は無造作に椅子《いす》に掛《か》けられていた。たまに吸っているのか、タバコの残り香《が》が漂《ただよ》っている。普段、彼女は自分の部屋に少女を入れさせない。「部屋が汚《きたな》いから」という主張だが間違《まちが》っていないようだ。

オリヴィアは、ハンガーと化した椅子に、積まれた服を尻《しり》で押し潰《つぶ》して座った。グレーテを正面に立たせ、強い視線をぶつけてきた。

「ねぇ、今日の会食、どうしてずっとキッチンにいたの？　私はずっとお客さんのそばに控《ひか》えてほしかったんだけど」

やはりお叱りのようだ。

グレーテはすぐに頭を下げた。

「……申し訳ありません。体調が優《すぐ》れず。食器洗いならば、と」

「うーん、洗い物なんて後でよかったのになぁ」

グレーテの体調不良は、半分真実で半分嘘だ。

大勢の男性を前にして、胃が痛くなっていた。それは間違いない。

しかし、それだけでなく彼女は隠《かく》れて、スパイ業務に励《はげ》んでいた。それを気取《けど》られないように誤魔化さなくては。

オリヴィアは自身の髪先《かみさき》を指で弄《いじ》り始めた。不機嫌《ふきげん》を隠す様子がない。

「あのね、もうグレーテも十八歳だから分かると思うけど、政界は男性社会なのよ。女を見下した野郎《やろう》で溢《あふ》れてんの。そういう会はね、若くて可愛《かわい》いメイドが笑顔を振りまいているだけで場が和やかに回るのよ。だから、ぜひ立ってほしかったのにな」

「なるほど……」

当然知っている内容だが、初耳のように頷いた。

オリヴィアは少し機嫌を直したように微笑んだ。

「最初は慣れないけど、そう悪くないわよ？　適当におだててれば、お小遣《こづか》いもくれるし、旅行や演劇に連れて行ってくれるおじさんもいるしね」

「……それはオリヴィアさんが特別お綺麗《きれい》だからかと」

「えっ、そう思う？　嬉《うれ》しいっ――って、そうじゃなくて」

オリヴィアは一瞬緩《ゆる》めた口元を引き締めた。

「何か体調不良の理由があるの？」

「…………」

さぁ――どう言い訳をするか。

話術はないので、適切な言い訳を繰り出さなくてはならない。

真実とかけ離《はな》れた嘘はリアリティがない。しかし、つまらない事実を語っても、相手は納得《なっとく》しない。

ここは、万人受《ばんにんう》けする話題を放《ほう》り込むべきか。

「……実は、恋焦《こいこ》がれる男性がいるので、他の方とはあまり関《かか》わりたくないのです」

「えっ。その話、詳《くわ》しくっ！」

オリヴィアが椅子を倒《たお》して立ち上がった。

「…………………」

予想よりも食いついてきた。

というより、入れ食いだった。

「え、ええ……」その圧に押されながらグレーテは説明する。「……そうです。いわゆる恋煩《こいわずら》いというものでしょうか。その方を想うと、あまり他の男性とお話することも躊躇《ためら》われて……」

「あっ、もしかして、あの人？」

「……あの人とは？」

「この前のイケメン。あー、そっか。グレーテちゃんは見てないのか。殺し屋が来た時、たまたま通りがかったイケメンがいたの」

オリヴィアは、その男の特徴《とくちょう》をあげる。

中性的な外見をした、長髪《ちょうはつ》で、表情が硬《かた》いスーツ姿の若い男性。

「ねぇ、ジビアたちと親しげだったけど、どういう人なの？」

「……どうと言われましても」

「アンタに会いにここに来たの？　教えて、その男は今どこにいるの？」

「……いえ、ただの学校の先生です……アルバイト中の生徒の様子を見に来ただけかと」

「あ、そうか。かなり生真面目《きまじめ》な人なんだね。なんだ、早とちりか」

矢継《やつ》ぎ早《ばや》に質問を繰り出して、オリヴィアは笑った。

「ごめんね、この職場あんまり恋バナできないから、餓《う》えてたわ。でも、いいなぁ。恋かあ、そんな事情じゃ無理を言いにくいわね」

餓えるというレベルでもなかった気もするが、適当に相槌を打った。

オリヴィアはふぅっと深い息を吐《は》き、椅子を起こし、座り直した。

とにかく彼女の好感を得られたらしい。グレーテもまた小さく息をつく。

しかし、そこで思わぬ声がかけられた。

「じゃあ、私がもらっていい？」

オリヴィアの提案に、グレーテは首を捻《ひね》る。

「もらう？」

「グレーテの想い人が、その先生じゃないなら、私がもらってもいいでしょ？」

まるで物を扱《あつか》うような表現だった。

オリヴィアはあっけからんと口にする。

「今度会わせてよ。私、予定合わせるから」

「……ですが、あの方と会っても、恋人になれるかどうか……」

「えー、そんなの分からないよー？　私、顔も良いし、身体《からだ》にも自信があるからさ」

「…………」

「向こうだって溜《た》まっているわよ。お酒を飲ませて、自分も酔《よ》ったフリしながら胸を押し付けて、うまくベッドに連れ込んでヤルことやっちゃえば――」

そこでオリヴィアの言葉が止まった。

表情からすっと笑顔が消え、グレーテを観察する顔になる。

「なんだ」

オリヴィアは言った。

「――グレーテ、そんな顔もできるんだ」

「…………」

自分は今どんな顔をしているのだろう。

とてもじゃないが、鏡を見る自信がない。

オリヴィアは腹を押さえて笑いだした。「冗談《じょうだん》に決まってるじゃん。グレーテ、分かりやすいっ」と手を叩《たた》く。笑いのツボに入ったらしい。

それから彼女は立ち上がり、グレーテの肩《かた》に手を乗せてきた。

「ま、先生への恋煩いもいいけどね。仕事に手を抜《ぬ》くのはダメよ。大丈夫《だいじょうぶ》、心配しなくても、きっと男は振り向いてくれるから」

「……そうでしょうか？」

「うん。グレーテ、美人だもん。もっと余裕《よゆう》を持たないと」

彼女はにこっと笑顔を向けてくる。

「私たちみたいな美人は軽く生きていいの。重たい女なんか男は愛さないわ」

きっと励ましの言葉なのだろう。

大人の女性から、未成熟の少女に向けたアドバイス。

素直《すなお》に受け止めておこうと思ったが――。

「――その考えは嫌《きら》いです」

グレーテは真逆の答えをしていた。

「……愛される努力を怠《おこた》る人を、わたくしは好きにはなれません」

「なにそれ」

せっかくの忠告を無下にされて、オリヴィアはむっと来たらしい。

グレーテの肩から手を外し、苛立《いらだ》ちに満ちた鋭《するど》い視線をぶつけてくる。

「――だから、アンタは愛されないんじゃないの？」

「……っ」

グレーテは唇《くちびる》を嚙《か》んだ。

いくつもの言葉が頭を過《よぎ》って、吐きそうになるのを堪《こら》える。

「あ、図星なんだ」嘲《あざけ》るようにオリヴィアは笑った。「だよね。アンタ暗いもん」

それが本音らしい。

オリヴィアは追い払うように手を振《ふ》ってきた。

「人がせっかくあげた助言を無視するなら、もういいわ。ま、無理して嫌《いや》そうな顔して会食の場に立たれても、気味悪いだけだしね」

話は終わりらしい。冷淡《れいたん》な視線を向けられる。

この部屋には二度と入れないかもしれない。

そう感じて、部屋の隅々《すみずみ》まで瞬時に観察をした。テーブルの上に大事そうに置かれている工芸品が目についた。翡翠《ひすい》色の宝石が光り輝《かがや》いている。

「……ところで、そのブローチ。お綺麗ですね」

オリヴィアは眉《まゆ》をひそめる。

「恋人からのプレゼントよ。それが、なに？」

「いえ、なんでも……」

グレーテは丁寧《ていねい》に頭を下げて、オリヴィアの部屋から去った。

ガルガド帝国《ていこく》の工芸品ですよね、と尋《たず》ねたい気持ちを抑《おさ》えて――。

オリヴィアの追及《ついきゅう》から逃《に》げると、グレーテは使用人室のベッドに倒れ込んだ。

（……疲《つか》れ、ました………）

一日の終わりを迎《むか》えるたびに、疲労《ひろう》が蓄積《ちくせき》する。

気を張り詰《つ》めねばと思うが、身体は怠惰《たいだ》を求め、頭の回転は鈍《にぶ》る。

寝間着《ねまき》に着替《きが》えなければ。そう頭で判断しても、一度布団《ふとん》に深く沈《しず》み込んだ身体はすぐに動き出してくれない。この倦怠感《けんたい》はただの過労が原因ではないだろう。

オリヴィアの言葉は、グレーテの心の柔《やわ》らかな部分に突《つ》き刺《さ》さった。

『――だから、アンタは愛されないんじゃないの？』

自覚はある。

リリィのように万人に惹《ひ》かれる魅力《みりよく》的な外見でもない。ジビアのように裏表のない快活な性格でもない。サラのように庇護欲《ひごよく》を駆《か》り立てるような愛嬌《あいきよう》もない。

自分は、暗くて、頭でっかちで、会話もうまくない女だ。

――クラウスは、自分に恋愛《れんあい》感情を抱《いだ》いていない。

それはグレーテも察していた。

(だからこそ、尽《つ》くすしかないんですよ……)

努力し、成果を示し、期待に応《こた》え、愛される。それしかない。

グレーテはベッドサイドチェストの上に置かれたものに手を伸《の》ばした。

――万年筆。

それを握《にぎ》りしめて、そっと自身の胸に押し当てる。

(……ボスから奪《うば》ったまま、返しそびれてしまいました)

結局お守り代わりに持ってきた。それに触《ふ》れて、彼との思い出に浸《ひた》る。

恋人からブローチをもらったオリヴィアへの抵抗《ていこう》だ。

自分には想い人から盗《ぬす》んだ万年筆があるぞ、と。

もちろん勝敗など、火を見るよりも明らかだが。

「……ボス」

呟《つぶや》けど、返事があるはずもない。

しばらく妄想《もうそう》に浸っていると、部屋がノックされた。

隣室《りんしつ》のリリィが顔を覗《のぞ》かせてきた。

「あっ、お疲れ様でーす」

「リリィさん……？」

上半身を起こして、彼女と向き合う。

そういえば、まだ報告を済ませてなかった。完全に失念していた。

「そうですね、今日の会食に関する話なら——」

「——とりあえず、お仕事の話はおいといて」

しかし、そんなグレーテの言葉を無視して。

「なでなで」

リリィは、ベッドに飛び乗るとグレーテの頭を撫《な》でてきた。無邪気《むじゃき》な笑《え》みを浮《う》かべて、子供をあやすように触れてくる。

グレーテは瞬《まばた》きをした。

「……どうされました？」

「いえ、グレーテちゃんがお疲れみたいなので、甘やかしてやろうと」

「先生じゃなく、わたしの手で勘弁《かんべん》してくださいね」

突然《とつぜん》どうしたのだろう。

よく分からないまま撫でられていると、リリィが笑った。

「先生の疲れを癒《いや》すのがグレーテちゃんの役目なら、グレーテちゃんの疲れを癒すのがわたしの役目ですよ。あまり難しく考えないでください」

自分の疲労を気にかけてくれたらしい。

リリィはグレーテの背後に回ると、身体を揉《も》みしだいていった。頭、首、肩、背中を慣れた手つきで、ほぐしてくれる。彼女曰《いわ》く、仲間であるモニカにもよくマッサージをしているという。おそらく『お詫《わ》びとして命じられている』の間違《まちが》いだろうが、とにかく慣れた手つきだった。

しかし、一方で気になることもある。

──後頭部に柔らかな感触《かんしょく》。

「……リリィさんは、スタイルが良いですよね…………」

「なぜ、いきなりっ？」

ずっと彼女のバストが当たっていた。

リリィは突然慌《とつぜんあわ》てだして、グレーテから飛びのいた。普段《ふだん》あれだけ調子のいい性格なのに、自身のスタイルや性的な話題になると、彼女は途端《とたん》に恥《は》ずかしがる。

自分もそれくらい恥じらいが必要なのだろうか。

グレーテは息をついた。

「……いえ。ボスを何度も誘惑《ゆうわく》しているのですが、失敗続きでナーバスに」

「いやいや、落ち込む必要はないですよ。グレーテちゃんのスタイルだって――」

リリィの言葉が不自然に止まった。

視線は、グレーテの平らな胸部で止まっている。

「そ、その……」

「その？」

「…………………………男装が得意そうですね」

「…………」

ようやく捻《ひね》りだした言葉が、それらしい。

地雷《じらい》を踏《ふ》んだと察したか。リリィが早口で言葉を発し始めた。

「さ、さすが変装のスペシャリスト！　体形管理が万全《ばんぜん》です！」

「………」

「胸当て要《い》らずで男に化けられる天才！」

「…………」

「日頃《ひごろ》から男装しているといっても過言じゃないですね！」

リリィの手を握る。

「小指をへし折ってもよろしいですか……？」

「マジ怒《おこ》りっ？」

リリィが悲鳴を上げる。

しかし、散々ダメージを負ったのはグレーテだ。リリィから背中を離《はな》して、前方に倒《たお》れ込む。痛みに満ちた世界め、と呻《うめ》き、布団を叩《たた》く。

コンプレックスを指摘《してき》されまくって、泣きたくなった。

ついでに、クラウスに告げた言葉も頭を過る。

（『わたくしの胸で眠《ねむ》ってください』というセリフ……痛々しい自覚はありますよ……）

客観的に見ればかなり酷《ひど》い。

クラウスから『お前のどこに胸があるんだ』と指摘されたら、舌を嚙み千切るだろう。

心がボロボロになっていると、リリィが背中を叩いてきた。

「安心してください。グレーテちゃんにも、素敵《すてき》な魅力はいっぱいありますよ」

朗《ほが》らかな声をかけてくる。

「だから、わたしたちはいつだって仲間でいるんです」

癒しよりもダメージの方が多かった気もするが、リリィはにこやかに去っていった。


リリィがいなくなった部屋で、グレーテは息をつく。

気持ちはありがたいが、彼女の言葉は到底《とうてい》受け入れられるものでなかった。

（……自分には魅力があるなんて、到底思えません………）

シーツに顔をうずめて、頭を抱《かか》え続ける。

一度沈み込んでしまった心は、過去の傷を呼び起こす。

――『お前みたいな娘《むすめ》は、愛せないっ！』

その呪《のろ》いが離れてくれない。何度も言葉がフラッシュバックする。

頭を押さえる。また思い出してしまった。

――『どうして当たり前の笑顔も見せられないっ！』

声を消したくて、布団に包《くる》まる。

――『お前のような気味悪い娘が、どうして生まれてきたっ！』

しかし、その残響《ざんきょう》は消えてくれなかった。

◇◇◇

クラウスはとあるホテルで報告書を読んでいた。

あるスパイ養成学校から取り寄せた資料だ。試験内容とグレーテの成績。筆記試験は満点近い。しかし、実地試験になると途端に成績を落とす。それでも試験内容が、人と接触《せっしょく》しない工作なら優秀《ゆうしゅう》を保つ。

問題は潜入《せんにゅう》や交渉《こうしょう》――人と接する試験。そこで彼女は、落第寸前の成績を取る。

――わたくしは男性が苦手なのです。

疑ってはいなかったが、彼女の言葉はやはり真実らしい。

（男性恐怖症《きょうふしょう》か……）

彼女の父親は政治家。上院の国会議員。中道左派の代表格で、急進左派のウーヴェとは緩《ゆる》やかな協力関係にある。公的な資料いわく、三人の息子と末っ子の娘がいることになっている。その娘は、病気療養《りょうよう》で十三歳から海外暮らし。

彼女が養成機関に入所したのは、父親の強い推薦《すいせん》。

早い話、捨てられたとみるべきか。

（政界は男尊女卑《だんそんじょひ》が根強いからな。女性に求められるのは、美貌《びぼう》や気立ての良さ……男性社会に適合できない女性は価値を否定され続ける……地獄《じごく》だろう）

グレーテには、過酷《かこく》な境遇《きょうぐう》だったに違いない。

『愛娘《まなむすめ》』というコードネームは、彼女自身がつけたという。

なんとも皮肉な名だ。

クラウスは報告書を引き裂《さ》き、灰皿に載《の》せた。

「――だが、こんな紙束では彼女の心を摑《つか》めないな」

クラウスは報告書に火がついたマッチを置いて、焼き払《はら》う。

「とりあえず、今は任務を済ませるか」

クラウスは結論づけると、野暮《やぼ》ったい髪《かみ》を後ろで縛《しば》り上げる。

「そろそろ始めよう――暗殺者狩《が》りだ」

◇◇◇

サラは山小屋でペットに餌《えさ》を与《あた》えていた。

ウーヴェの屋敷《やしき》と町から距離《きょり》があるので、彼女は空いている山小屋に忍《しの》び込んでいた。

鷹《たか》、鳩《はと》、犬、ネズミ。それらのケージが並ぶ様はさながら動物小屋のようだった。

運搬《うんぱん》、陽動、捜査《そうさ》、動物の扱《あつか》い方は多様だ。

科学技術が発展した時代においても、動物にしか行えないことは多くある。

——調教。

他人に説明する時、便宜上《べんぎじょう》、彼女は自身の能力をそう呼ぶが、彼女自身と動物は信頼《しんらい》関係で結ばれていると思っている。

特に鷹のバーナードとは、スパイ養成機関に入る前からの仲だった。

「よしよし、お前は昔から豚肉《ぶたにく》が好きだったっすね」

彼はグルメだ。サラが作る特製の餌でないと満足しない。

パートナーが餌をついばむ姿を眺《なが》めていると、小屋にノックの音が響《ひび》いた。

「ひっ」身体《からだ》をびくつかせる。

敵が来たのか。

なにかあったらバーナードに守ってもらおう。そう彼のそばで銃《じゅう》を構えていると、扉《とびら》の向こうから「僕だ」という聞き慣れた声がした。

「あ、先生っすね」

扉を開けると、クラウスが立っていた。

彼がどこで何をしているのか、サラはよく知らない。しかし彼のカバンに入っている書類を見ると、しっかりと成果を上げているようだ。

サラはテーブルを部屋の中央に動かして、クラウスの資料を眺めた。

反対に、クラウスにはジビアが盗《ぬす》みだしている資料を差し出した。

暗殺者に殺されたのは、ウーヴェの古くからの知り合いだ。おそらく彼の周辺に、暗殺者、あるいは、その協力者が潜《ひそ》んでいる。

「情報が出揃《でそろ》ってきたっすね。そろそろ候補が浮《う》かび上がると思うんすけど」

クラウスは「そうだな」と言って、新たな資料を出してきた。

屍《しかばね》が殺したと思われる政治家の詳細《しょうさい》だった。

「飛び降り自殺に見せかけるのが、最も多用する手法だな。凶器《きょうき》を使用しないため、追跡《ついせき》が困難となる。明るみに出ないだけで、自殺と処理された暗殺も山ほどあるだろう」

「悪趣味《あくしゅみ》っすね……」

「亡《な》くなったのは、戦後の復興に尽力《じんりょく》している政治家だ。無念だろう……」

クラウスが表情に暗い影《かげ》を落とした。

目の前のことに集中していると、うっかり大局的な視野を失ってしまう。

ただの殺人ではない。人が消え、政治が動き、国を変え、世界が作られていく。帝国《ていこく》にとって不愉快《ふゆかい》な政治家を消し、息がかかった政治家を当選させる。コストのかかる戦争を起こす必要もなく、隣国《りんごく》を支配していく。

（これが、影の戦争っすか……）

思わず息を吞《の》んだ。

屍と呼ばれる暗殺者――判明しているだけでも世界各国で数十人を葬《ほうむ》っている。ターゲットだけではない。ある時は周辺人物まで殺し、狙《ねら》いを特定させないよう工作する。追い詰《つ》められた時は一般人《いっぱんじん》を巻き添《ぞ》えに殺して、逃げ延《の》びる。

倫理《りんり》観の欠片《かけら》もない最悪の工作員。

――今から闘《たたか》わねばならない敵。

怒りの感情と共に、身体の底から冷え切る感覚が湧《わ》き起こる。

「サラ」クラウスが声をかけてきた。「心配はいらない。世界最強の僕が必ず仕留める。そう怯《おび》えるな」

その一言だけで、身体の強張《こわば》りがとれる。

世界最強――幼稚《ようち》にも聞こえる自負と誇《ほこ》りに、幾度《いくど》となく救われてきた。臆病者《おくびょうもの》のサラにとって、それが心の拠《よ》り所でもある。

クラウスはそれで役目を終えたように頷《うなず》くと、部屋の外に身体を向けた。

「じ、自分はっ！」

その背中に向け、サラはつい声をかけていた。

告げねばならないことがあった。

「情けないけど安心したっす。頼《たよ》ってもらえるのも嬉《うれ》しかったっすけど、本音を言えば、やっぱり自分は先生が守ってくれた方が……」

「恥《は》じることはないさ」

「あのっ、だからこそ、グレーテ先輩《せんぱい》を気にかけてほしいっす」

クラウスは不思議そうな面持《おもも》ちで振《ふ》り返った。

口に述べてから、自分が何を発したいか理解できた。臆病な自分だから言えること。

「きっと先生が思っている以上に、グレーテ先輩の行動は勇気が必要っすよ」

「…………」

クラウスは何も発しなかった。表情はいつも以上に冷たく、感情は読み取れない。やがて小さな声で「そうか」と漏《も》らすと、彼はサラの部屋から去っていった。

◇◇◇

一度目の襲撃《しゅうげき》から五日後——二度目の襲撃が発生した。

ジビアが銃声に飛び起きて、ウーヴェの寝室《しんしつ》に駆《か》けつけると窓ガラスが割れていた。

幸い、ウーヴェは生きている。小銃を持ち出して鼻息を荒《あら》くしている。闇夜《やみよ》に向かって発砲《はっぽう》しているので、ジビアはそれを押しとどめた。

「二度目の暗殺か……」

失敗したようだ。

窓の外から狙撃《そげき》し、暗殺。あるいは割った窓ガラスで殺傷を狙ったのか。しかし、家具の配置を変えていたことにより、ベッドを狙えなかったようだが。

——奇妙《きみょう》だ。凄腕《すごうで》の暗殺者がこんな短期間に二度も失敗？

銃弾《じゅうだん》は、床《ゆか》に落ちていた。

確保して、ジビアは銃弾を見つめる。

使用したのは小さめの拳銃《けんじゅう》だろう。２５口径。窓から木の距離は、目測三十メートル。

距離に対して拳銃が小さすぎる。

殺す気はなかった？　よく分からない。

銃弾をハンカチで包んで、ポケットにしまった。

そこで、ようやく他の住人が駆けつけてきた。あまり存在感のない秘書がウーヴェの容態を確認《かくにん》する。

「命からがらじゃわい」

ウーヴェは大きく息を吐《は》いた。

「白髪《はくはつ》、お前のおかげじゃ。お前がベッドを勝手に動かしてなければ、窓ガラスが刺《さ》さって死んでいたかもしれん」

ジビアが「いやー、素敵《すてき》な偶然《ぐうぜん》があったもんだな」と笑顔《えがお》を返した。

もちろん、計算しての行動。屋敷周辺を取り囲む木々の位置と窓の配置を考えて、外から狙撃されてもいいように家具の配置を変えていた。

「また、あの醜悪《しゅうあく》な痣男《あざおとこ》じゃ」ウーヴェは鼻を鳴らした。「くそぅ！　次こそは撃《う》ち殺してやるわいっ！」

「夜盲症《やもうしょう》の調子はいいのか？」

「貴様らの料理のおかげで、大分回復した。次現れた時がアイツの寿命《じゅみょう》じゃな」

二週間栄養豊富な料理を食べさせたことで、ウーヴェの症状は改善していた。それは良い事だが、あまり出しゃばるのはやめてほしい。

ジビアはウーヴェから小銃を奪《うば》って、壁《かべ》にかけた。

「勇ましいのはいいけどな、ウーヴェさん。普通《ふつう》に、警備員を雇うのはどうだ？」

「ううむ、それも悪くはないが……」

ウーヴェは考え込むように腕を組んだ。己《おのれ》の節約精神と天秤《てんびん》にかけているらしい。

しかし、ジビアからしてみれば、悪くない展開だった。身分さえしっかり証明できる人間ならば、警備を固めてしまうのもいい。

「――ダメですよ、それは」

それを否定する声もあがった。

オリヴィアだった。気づけば、背後に立っていた。

「ウーヴェさん、どこに暗殺者がいるのかも分からないのに、外部の人間を増やすなんて、私は反対ですよ。とても怖《こわ》いわ」

畳《たた》みかけるように言葉を繰《く》り出し、ウーヴェを説得する。

口を動かし続けて、ウーヴェの横にぴったりと寄り添《そ》った。

「時に、ウーヴェさん。やはり最近来たばかりの外部者を解雇《かいこ》すべきでは？」

反射的にジビアが一歩前に出た。

「何言ってんだ、今回の襲撃だって、あたしが――」

「アナタたち、あまり怯えてないのね？　なんでかしら？」

　オリヴィアは怯えるような震《ふる》え声を出した。

「一度目の襲撃でもやけにアナタたちは勇敢《ゆうかん》だったけど、トラブルに慣れているの？　ねえ、なんで？　ベッドを動かしたのは、本当に偶然？」

「……っ」

「ウーヴェさん、一度彼らの身辺調査をやり直しましょう？　例えば、所持品をくまなくチェックするとか……」

　オリヴィアがウーヴェの腕を服の上からぐっと握《にぎ》りしめた。キスするんじゃないかと思える距離《きょり》で、オリヴィアは主人を見つめている。

　ウーヴェもまた狼狽《ろうばい》しているようだ。

　疑《ぎ》惑《わく》と、頼りのメイドの板挟《いたばさ》みになっているらしい。

　ジビアはすぐに答えが浮かばなかった。仮に自分の素性《すじょう》が怪《あや》しいと勘《かん》ぐられたら、追い出されかねない。

　勝ち誇ったようにオリヴィアは微笑《ほほえ》む。

「それは――」

「オリヴィアさん、ところで……」

ジビアが答えようとした瞬間《しゅんかん》、後方から助け船が出された。

「……ガラスを素手《すで》で握るのは、危険ですよ」

グレーテだった。

いつの間にか部屋にいた。ガラスを片付けながら静かな瞳《ひとみ》を向けている。

オリヴィアは無言で見つめ返した。表情は冷え切って、不愉快の感情を滲《にじ》ませている。

しかし、すぐに笑顔を向けた。

「……そうね、指先切っちゃった。洗ってくる」

そう言うと、オリヴィアは右手を開いた。

三センチ程度のガラス片が床に落ちた。

彼女はつまらなそうにウーヴェから離《はな》れ、寝室を出ていこうとする。

途中《とちゅう》グレーテとすれ違《ちが》う瞬間、二人は睨《にら》み合う。

「…………」

「…………」

その視線の交差は何を意味するのか。

ジビアを含《ふく》めて他の人間には分からない。とりあえず部屋の清掃《せいそう》に取り掛《か》かることにした。

　ジビアはこっそりとグレーテに尋《たず》ねた。

「なぁ、オリヴィアさん、いつ割れたガラスを摑《つか》んでいた？」

　まるで暗器だ。

　達人ならば、ガラス片で人間の頸《けい》動脈を掻っ切れる。非常時に対応できる武器。しかし、所持の理由を問《と》い詰められても、いくらでも誤魔化《ごまか》しが効く凶器だ。

　――紛《まぎ》れもないスパイの技術。

「気配を殺して背後に立っていたよ。もしオリヴィアさんがその気なら、あたしは――」

「ジビアさん」グレーテは静淑《せいしゆく》な声で呟《つぶや》いた。「今はメイド業に徹《てつ》してください」

　彼女は既《すで》に何かを悟《さと》っているようだった。

　演技を続けるよう促《うなが》されたが、それでも一つ確認したかった。

「なぁ、先生はどう判断しているんだ？」

「……わたくしに任せる、と」

　ジビアは目を見開いた。

「お前にそこまで一任しているのか？」

　グレーテは小さく頷き、清掃に取り掛かる。

意外だった。いくらかの裁量は現場に委《ゆだ》ねられていると思ったが、そこまでグレーテが背負っていたとは。

「…………」

グレーテの横顔をそっと見つめる。彼女の表情には、覇気《はき》がない。元々身体《からだ》の強いタイプではない。心労が蓄積《ちくせき》している。

（つーか、あの野郎は今頃《いまごろ》どこにいるんだよ？）

ジビアは虚空《こくう》を睨みつけた。

◇◇◇

結局、片付けは深夜に終わった。

グレーテは頭を押さえて、使用人室に戻《もど》っていた。頭が痛くなってきた。連日連夜動き続けているからだろう。気を抜《ぬ》くと、意識がぼーっとしてくる。

しかし警戒《けいかい》は途切《とぎ》れさせてはダメだ。

考えるべきことは山ほどある。

（……おそらく、彼女はまだ動かないでしょう。今動けば、嫌疑《けんぎ》が強まり損するのは彼女の方……憤《いきどお》りこそ感じているでしょうが、ボスを警戒して動けないはず……）

サラに頼《たの》んで、彼女のパスポートの履歴《りれき》は洗い出してもらってある。

出身は、東方の小国。時折ウーヴェから長期休暇《きゅうか》を得ている彼女は、海外旅行を繰り返している。彼女の旅行先と、『屍』と思われる暗殺の発生場所は、重なった。

殺されるのは、政治関係者ばかり。ウーヴェが握る情報を利用していると思われる。

（……ただ、まだ実力が測り切れない……襲撃事件の対応を観察して、少しずつ把握《はあく》していきたいですが……さすがにこれ以上は……）

いよいよ大詰《おおづ》めだ。

ここからは一手一手が、任務の成否を分ける。

――自分が間違えれば、仲間が死ぬ。

「……っ」

その発想に至った時、グレーテは心臓をぐっと摑まれるような感覚を味わった。

これが、クラウスが背負う重荷だ。

全部一人でこなしてしまえばいい――そう行動するのも理解できる。

前回の不可能任務でも、彼は幾度《いくど》となく葛藤《かっとう》していた。その理由がようやく身をもって理解できた。仲間を頼《たよ》ることがこんなに恐《こわ》いなんて、思ってもみなかった。

うまく眠《ねむ》れない。

寝《ね》るくらいなら、一秒でも長く計画を練っておきたい。

食事は喉《のど》を通らない。

呑気《のんき》に味わっている間に事件が発生したら、どうすればよいのか。

足取りが重い。気を抜けば、膝《ひざ》から崩《くず》れ落ちてしまいそうになる。そうすれば二度と立ち上がれないかもしれない。

そして、絨毯《じゅうたん》の弛《たる》みに足を取られる。

前方に転びそうになると、誰《だれ》かに抱《だ》きかかえられた。

「グレーテちゃん」

リリィだった。

横から肩《かた》を摑んで、不安げな瞳を向けている。使用人室の前だ。自分が来るのを待ち受けていたのだろうか。

「大丈夫《だいじょうぶ》ですか？　とりあえず、わたしの部屋で休んでください」

「……すみません、少しふらつきました」グレーテはすぐに彼女の身体から離れた。「いえ、ベッドで休めばこのくらい――」

「ダメです。またマッサージをします。全身がくらげみたいにグニョグニョになるまで揉《も》みしだいてやります」

有無《うむ》を言わさず、リリィは自分の部屋に連れ込んでいく。力は彼女の方が強い。強引《ごういん》さに逆らうことができず、背中を押され続けた。

しかし、その一方では提案をありがたがる自分もいた。

実際リリィのマッサージのスキルは巧《たく》みである。コンプレックスを刺激《しげき》される一点を除けば、とても身体が楽になるもので――。

そう油断したのが命取りだった。

「――騙《だま》されましたね」

「……え？」

奇妙《きみょう》なことを囁《ささや》かれた。

判断した時には、遅《おそ》かった。

「確保おおおおおおおっ！」

リリィが号令をかけた。

口を塞《ふさ》がれる。顔を向けるとジビアの姿があった。扉《とびら》のそばに隠《かく》れていたらしい。慌《あわ》てて振《ふ》りほどこうとしたが、腕《うで》を摑まれ、それもできない。「大人しくしろ」と耳元で強盗《ごうとう》じみた言葉で脅《おど》される。

そのままベッドの上に押し倒《たお》された。

きゅう、と情けない声が口から出た。

ベッドの脇《わき》には、サラが待機していた。倒れ込んだ自分の足に乗っかってくる。

右腕はジビアに摑まれ、左腕はリリィに摑まれている。

全身が完璧《かんぺき》に拘束《こうそく》された。

「……あ、あの、これは一体…………？」

「敵は容赦《ようしゃ》なく尋問《じんもん》すべし」

リリィはそう厳しく告げると、ペンキ用の大きな刷毛《はけ》を取り出した。

ふさふさの毛で首筋をくすぐってくる。

「〜〜〜〜っ」悶《もだ》えるが、拘束は解けない。

「敵にかける情けはありません」

「き、昨日は、いつだって仲間と言いませんでした……？」

「嘘《うそ》です」

言い切った。

絶対ついちゃいけないタイプの嘘だった。

恨《うら》めしい目で見ていると、リリィはそっとスカートに手を伸《の》ばしてきた。

「てりゃ」と言って、何かを引き千切って、自分に見せてくる。

見覚えのあるボタンのような機械。

「盗聴器《とうちょうき》……？」

「ふふっ、わたしがいつだって騙される側だと思ったら、大間違いですよ」

屋敷《やしき》に仕掛《しか》けたものと同じだった。

きっと彼女は昨晩マッサージをするフリをして、取り付けたに違いない。つまり、自身の行動は常に筒抜《つつぬ》けだったことになる。

リリィは誇《ほこ》らしげに笑った。

「あの痣男《あざおとこ》──その正体は、グレーテちゃんの変装なんですね？」

彼女の言葉に、ジビアとサラも「「えっ？」」と意外そうに目を丸くする。聞かされないまま襲《おそ》っていたらしい。

グレーテも意外に感じていた。

いずれバレるとは思っていたが、一番がリリィとは思わなかった。

黙秘《もくひ》しようと考えたが、また刷毛で首を撫《な》でられ「〜〜〜っ！」と悶える。

尋問ではなく拷問《ごうもん》だった。

グレーテは息をついた。

「……降参ですね……そうです、犯人はわたくしでぇ〜〜〜っ！」

明かそうとした時、またくすぐられた。

リリィが刷毛を見つめ「楽しいです、これ」と感動している。「で——なぜ、あんな変装を？」

「……今話そうとして邪魔《じゃま》されたのですが」

「反応が可愛《かわい》くて、つい」

悪びれずに告げてくる。

幸い、仲間を欺《あざむ》いた罪の意識が消えた。

「暗殺者に成りすまし、メイドや警備員の反応を観察しておりました……特殊《とくしゅ》な訓練を受けている者は炙《あぶ》りだせます……」

そう、ウーヴェやオリヴィアに発砲《はっぽう》したのはグレーテだった。

銃声《じゅうせい》が響《ひび》けば、訓練を受けたスパイならば確実に身構える。怯《おび》える演技を装《よそお》いながらも、自分が狙《ねら》われないよう姿を隠す。そんな人物がいないかを探していた。

ちょうどウーヴェが実行した手段と同じだ。彼の場合はあまりに唐突《とうとつ》すぎて、訓練を受けたスパイであろうと腰《こし》を抜かしていたが。

リリィが全《すべ》てを察したように微笑《ほほえ》んだ。

「そろそろ明かす頃合《ころあ》いじゃないですか？　この任務の全容を」

「……いえ、これはわたくしの責任で」

「グレーテちゃんは凄《すご》いですよ。わたしたちは結局『ボスが抱《かか》える負担を分けてほしい』なんて言えませんでした」

彼女は、グレーテの手をぐっと握《にぎ》り込んだ。

「でも、これなら言えます——グレーテちゃんが抱える負担は分けてほしいです」

グレーテはその優《やさ》しい瞳《ひとみ》を見ているうちに、どうしてリリィが変装を見破れたのか思い至った。

きっと彼女は、リーダーとして仲間の苦悩《くのう》をずっと気にかけていた。

あるいは逆か。

奔放《ほんぽう》に見える反面しっかり仲間を想《おも》う心ゆえに、彼女はリーダーに指名されたのか。

リリィの言葉に、ジビアが「そうだな」と続き、サラも「はいっす」と頷《うなず》く。彼女たちからも優しげな視線を向けられていた。

目頭《めがしら》が熱くなる。

愛してくれる男性には出会えずとも、気にかけてくれる仲間はこんなにいるのか。

自然と口が動いていた。

「皆《みな》さん、聞いてください。ターゲットの屍は――」

その言葉を言い切る前に、グレーテの耳は確かに聞いた。

「やっぱり、アンタたちは工作員だったか」

感情の乏《とぼ》しい声だった。

完璧に気配はなかった。それは彼女が磨《みが》き上げた――暗殺者のスキルか。

心臓がぐっと直接掴《つか》まれるような気持ち悪さ。

「もういいよ、今回は派手にやっちゃえ」

声が聞こえてくる方向は、使用人室の扉。

その隙間《すきま》から姿を覗《のぞ》かせていたのはオリヴィアだ。

彼女がそっと何かを部屋に投げ入れた。

――手榴弾《しゆりゆうだん》。

「窓へっ！」グレーテは叫《さけ》んだ。

最初に動いたのは、ジビアだった。

サラの首を掴み、リリィの尻《しり》を蹴《け》り上げて、唯一《ゆいいつ》の出口に仲間を送り込む。解放されたグレーテもそれに続いた。

ジビアが窓を一撃《いちげき》で蹴り飛ばして、全員が固まって窓から脱出《だっしゅつ》する。

建物の壁《かべ》に身を潜《ひそ》めるのと、爆弾《ばくだん》が炸裂《さくれつ》するのは同時だった。

窓から、猛火《もうか》が噴《ふ》き出した。ガラスや家具の破片も同時に窓から飛んできた。咄嗟《とっさ》に摑んでいたシーツで、仲間の身体《からだ》を覆《おお》った。窓から離《はな》れていたこともあって、直接の被害《ひがい》は免《まぬか》れる。

「もう一発」

しかし、どこからか不気味な声が聞こえてくる。

頭上から、再び手榴弾が降ってくる。

自分たちの逃《に》げる方向などお見通しということか。グレーテは頭脳をフル回転させるが、その爆風を避《さ》ける術《すべ》は浮《う》かばない。

その爆弾が炸裂する直前で、頭上に影《かげ》が過《よぎ》った。

鷹《たか》だった。

バーナードと名付けられた鷹が、突如《とつじょ》現れてそのかぎ爪《づめ》で手榴弾を器用にキャッチする。空中に運び、主人であるサラから離れた場所で爆弾を放すが——手遅《ておく》れだった。

鷹のすぐそばで、手榴弾は爆発した。

「――――！」

サラが声にならない悲鳴をあげる。

飛び散った血が、グレーテの顔に張り付いた。

千切れた鷹の羽が舞《ま》い散っていく。

ぼたり、と。変わり果てた姿の鷹が地に墜落《ついらく》した。

「バーナード氏……？」

呆然《ぼうぜん》としたサラの声。

オリヴィアの追撃はない。彼女はとっくに逃走《とうそう》したようだ。

彼女がここまで早く行動を開始するのは予想外だった。

「せ――」リリィが声をあげた。「先生は、どこですかっ？　今すぐ呼ばないと！」

彼女の気持ちは痛いほど分かる。

四の五の言っていられない。彼の力があれば、こんな犠牲《ぎせい》を出すことはなかったはずだ。

「……いません………」

しかし、状況《じょうきょう》はあまりに過酷《かこく》だ。

「え……？」

「……今ここにボスは来てくれません……」

告げなければならない。この任務の真相を。
彼が断腸の想いで託《たく》した決断を――。
「……この闘《たたか》いは、わたくしたちだけで勝つしかないのです……」
ジビアとリリィ、そしてサラの表情が凍《こお》り付く。
明かせなかった秘密を、まさかこんなタイミングで告げるとは思ってもみなかった。
――世界最強は、隣《となり》にいない。

4章　愛情と暗殺

オリヴィアは駆《か》けていた。

焦燥《しょうそう》や苛立《いらだ》ちを綯《な》い交《ま》ぜにし、足を動かし続ける。

まさかあの小娘《こむすめ》に正体を見抜《みぬ》かれるなんて。

有力政治家と近しいポジションを手放すのは惜《お》しいが、もう潮時だろう。一秒でも早く屋敷から離れなくてはいけない。よほどのことがない限り、あの三人は爆死したはずだ。

しかし、絶対に対峙《たいじ》してはいけない敵がまだ生きている。

(『燎火《かがりび》』……)

一度だけ姿を現した、長髪《ちょうはつ》の美しい男。

ディン共和国で最も警戒《けいかい》すべきスパイ。

自分の正体を見抜いたのは、おそらくあの男だろう。

グレーテが暗殺者を演じ、『燎火』が外から反応を観察するという役割だったのか。

オリヴィアの出身は、東方の小国だった。

本名は、もう覚えていない。片田舎《かたいなか》の娼婦《しょうふ》として生き、一生をそこで終えるつもりだった。評判は良かったが、別の人生を摑み取る程《ほど》の財力も気力もなく、いつか客の誰《だれ》かに娶《めと》られ、忘れ去られるように墓に入る。待ち受けるのは、そんな運命だった。

心も身体も冷え切りながら、ただ身を売り続けた。

転機は、政治家が派手な女遊びをするために遥々《はるばる》田舎まで訪《おとず》れた日。

その日店にいた二十三人の客とホステス――全員が銃で撃《う》たれた。

たまたま店の奥で熟睡《じゅくすい》していたオリヴィアは、その惨状《さんじょう》に気づくのが遅《おく》れた。物音に気づいて起きる頃《ころ》には終了《しゅうりょう》していた。田舎町の風俗《ふうぞく》ビルに十分足らずの惨劇《さんげき》が訪れていた。

積み重なる死体のそばには、一人の男が立っていた。

頰《ほお》の肉が削《そ》げ落ちた、まるで死人のような風貌《ふうぼう》の男。

『起きたんだ。サイレンサー付きの銃を用いたとはいえ、随分《ずいぶん》と豪気《ごうき》な性格だね』

彼は外見とは裏腹に快活に笑った。

『さ、後はキミが窓から飛び降りなさい』

『え……？』

『キミは突然《とつぜん》精神に異常をきたし、たまたま客が持ち込んだ銃《じゅう》で殺し回った。その果てに飛び降り自殺。そんな筋書きだ。オレの暗殺は誰にも知られない』

彼は淡々《たんたん》と説明してくる。

ありえない光景を見せられているのに、なぜか脳は冷静だった。

『暗殺……？　ここの全員に殺される理由があったの……？』

『いいや、狙いは男一人だよ。あとはついで』男は白い歯を見せる。『一人だけ政治家が死んでいたらスパイの暗殺が疑われる。でも、無関係な奴が二十人も亡くなっていたら、ただの事件で終わってくれるだろう？』

隠蔽《いんぺい》のため。

そのために何の罪もない人間を殺戮《さつりく》したと男は告げる。恐《おそ》ろしく早い手際《てぎわ》で。

彼は銃を構えたまま、オリヴィアに歩み寄ってきた。

オリヴィアは後ずさりするが、すぐに部屋の端《はし》に追いやられ、窓に背中がついた。開け放たれている。ここは四階だ。身を投げ出せば、命の保証はない。

『早く飛び降りなさい。運がよければ助かるかもね』

低い威圧《いあつ》的な声だった。

『断るなら、キミを撃ち殺して、他《ほか》の奴《やつ》にやらせるだけさ』

周囲に目を凝《こ》らせば、まだ幾人《いくにん》かは息があるようだった。世話になっている先輩《せんぱい》や友人や、自分を拾ってくれた店長、いつか将来を誓《ちか》い合った常連客、それらが微《かす》かに呼吸している様子を確認《かくにん》すると、最後に暗殺者と目が合った。

まるで物を見るような冷酷《れいこく》な瞳《ひとみ》。

それに射竦《いすく》められ、オリヴィアは――身体が熱くなった。

まったく違《ちが》う。

自分を見てきた、今までのつまらない視線と何もかもが異なる。

――異次元の王子様だ。

頭から生まれた熱が背筋を通り、下半身に抜《ぬ》けていく。心臓が高鳴っていき、冷めきった肌《はだ》をぬるりと温めていった。

『ねぇ、私を弟子《でし》にしてよ』

口が動いていた。ほとんど何も考えずに、男の銃に腕《うで》を伸《の》ばしていた。

今思えば、ただの気まぐれだろう。男は銃をオリヴィアに握《にぎ》らせた。

迷いはなかった。オリヴィアは銃を受け取ると、見よう見まねで発砲《はっぽう》した。狙《ねら》いは、虫の息だった先輩、店長、常連客、友人。次々にトドメをさしていく。爽快《そうかい》だった。初めての銃だが、狙い通りの箇所《かしょ》に弾《たま》は飛ぶ。才能があるのだろう。人生でこれほど心躍《おど》る気分になったのは初めてだ。生まれ変わるとはこのことか。

最後の一人の命を絶つと、オリヴィアは暗殺者に笑顔を向けた。

『私をここから連れ出して』

彼は不思議な動物を見るような目をしていたが、やがて愉快《ゆかい》そうに口元を歪《ゆが》めた。

その日から、オリヴィアは帝国《ていこく》のスパイとなる。

ガルガド帝国の暗殺者『潭水《たんすい》』――ローランドとの出会いだった。

オリヴィアとローランドの蜜月《みつげつ》が始まった。

欺《あざむ》き、殺す技術を学び、世界各地を飛び回り、多額の報酬《ほうしゅう》を得る。ローランドと名乗る師の暗殺をサポートし、必要とあらば彼女も銃を握り、二人の手で何十人と殺してきた。

任務を達成するたびに、ローランドはオリヴィアを抱《だ》いてくれた。彼は後に共和国から『屍《しかばね》』という名で恐れられる凄腕《すごうで》の暗殺者だ。その彼の腕の中に自分がいることを自覚すると、心が震《ふる》えるような幸福で満たされた。

殺戮の日々、莫大《ばくだい》な金額、そして、最高の暗殺者から受ける至高の寵愛《ちょうあい》。

それらは、全《すべ》て片田舎では決して手に入らないものだった。

『ある男には気を付けた方が良い』

やがてオリヴィアが熟練した技術を身に付けた時、ローランドが警告をしてきた。オリヴィアがウーヴェ＝アッペルという政治家の下で働き、いよいよ信頼《しんらい》を勝ち取り、機密情報を帝国へ流し始めた頃でもあった。

ディン共和国最強のスパイについて、彼は語った。

『うちのスパイが「焔《ほむら》」を壊滅《かいめつ》させたのは教えたね？　けどね、一人だけ取り逃がしたらしい。生物兵器を餌《えさ》として、彼の暗殺を企《たくら》んだけど、これも失敗。現時点では、その男がディン共和国で最も警戒すべき男になる』

彼は痩《や》せ細った顔で言葉を紡《つむ》ぐ。

『「燎火《かがりび》」、「塵《ちり》の王《おう》」、アックス、ロン、「冷徹《れいてつ》」、「鉄梃《かなてこ》」――名前は複数あるが、基本はクラウスという呼称《こしょう》を用いているらしい。幸い、写真はある』

ローランドは一枚の写真を見せてくれた。

盗撮《とうさつ》したものだろう。一人の青年がリラックスした体勢で、笑顔《えがお》を向けている。まるで家族と談笑《だんしょう》する瞬間《しゅんかん》を切り取ったように。

彼と相当親しい人間が撮《と》った写真のようだ――。

『ねぇ、疑問なんだけど』オリヴィアはその写真を目に焼き付けながら尋《たず》ねた。

『なに？』

『確かコイツの師匠《ししょう》が裏切ったんでしょ？　殺せないの？　写真も漏《も》れているのに』

『それどころか、暮らしている場所も判明しているよ』

『なら――』

『そう思って送り込んだスパイは全員捕《つか》まった――おそらく、この男の仕業《しわざ》だ』

なるほど、その住所こそが罠《わな》という訳か。

情報が漏れていることを逆手にとって、トラップを張り巡《めぐ》らしたのだろう。

ローランドは深く頷《うなず》いた。

『もしこの男と出会ったら、すぐにオレに連絡《れんらく》を入れなさい』

『そうね、アナタならこんな小国のスパイくらい――』

『いいや、この男はオレと互角《ごかく》だよ』

信じられなかった。

ローランドの卓越《たくえつ》した実力は知っている。彼女が把握《はあく》している限りでは、最高の暗殺技術の持ち主だ。彼に勝《まさ》るスパイなんて、それこそ『蛇《へび》』――いや、オリヴィアは、そんな詳細《しょうさい》不明のスパイチームよりもローランドが勝ると信じていた。

『運命を感じるんだ……やっと現れてくれた。どれほど待ちわびただろう』

ローランドはウットリした表情で言った。

『オレのライバルになり得る。今まで競い合える奴がいなくて、退屈《たいくつ》だったよ』

『ライバル……？　アナタほどの実力者に？』

『長い付き合いになる、そんな予感がするんだ』

それは超《ちょう》一流のスパイだからこそ抱《いだ》く直感なのか。

確かに運命的だ。

『燎火』という単語が象徴《しょうちょう》している。

ローランドのコードネーム『潭水』と対を成す。

火と水。決して交わらない二つの存在。

ローランドはそっとオリヴィアに対し、腕を伸ばしてきた。彼女はなされるがままにその腕に流れて、彼と口づけをかわす。

『だから、この男には警戒してくれ。愛《いと》しい君よ』

そう耳元で囁《ささや》かれ、彼は一つのブローチを渡《わた》してくれた——。


だからオリヴィアは逃《に》げ始める。

自分の素性《すじょう》が露呈《ろてい》した以上、屋敷《やしき》に留《とど》まる理由はない。

屋敷を取り囲む林に駆《か》け込んだ。幸い、月が出ている。照明がなくとも、訓練しているスパイならば駆け回れる光量だ。このまま林を通り、山まで抜ければ生き延びられる。

とにかく闘ってはならない。

相手は、あのローランドと並ぶ実力者なのだから――。

◇◇◇

「……とにかく闘ってはならない。相手は、屍と並ぶ実力者なのだから――」

「………………」

「――と今頃《いまごろ》、オリヴィアさんは思っているでしょうね……」

グレーテが静淑《せいしゅく》な声で口にする。

屋敷のそばでジビアはリリィと共に、彼女の解説を聞いていた。周囲には火薬の残り香《が》が漂《ただよ》っている。庭の方ではウーヴェが困惑《こんわく》した声をあげているが、相手をしている場合ではない。見つかれば説明に面倒《めんどう》なので、ジビアたちは建物に隠《かく》れていた。

「――そういうことか」

彼女の説明を聞き、ジビアは理解した。全てが繋《つな》がった気がした。

思えば、違和感《いわ》がないでもなかった。

「お前すげぇな……」

「……ありがとうございます」

グレーテが軽く頭を下げる。

「えっ、どういうことです？」

話についていけないのか、リリィは狼狽《ろうばい》している。

「先生がいないって、なんですっ？　わたしたち、この屋敷で先生を何度か見かけていますよね？　サラちゃんだって先生とも会っていて――」

「全部、グレーテの変装だ」

ジビアはそう明かした。

この仲間はメイド、暗殺者だけでなく、もう一つの役目も演じていた。

「この屋敷周辺で、あたしらが見てきた先生は全部グレーテだ」

「へ……」リリィが目を丸くする。

一度変装を見抜《みぬ》いた彼女もここまでは見抜けなかったか。固まるのも無理もない。

特に信じられないのが、一度目の襲撃《しゅうげき》時だ。彼女は暗殺者を演じ、罠でジビアたちを足止めし、何食わぬ顔でクラウスに変装し、救助したことになる。流れるような神業《かみわざ》だ。

「マジで見抜けなかったわ。けっこう近くで見たはずなんだが」

グレーテは胸に手を当てた。

「……わたくしは、ボスの呼吸、瞬《まばた》き、髪《かみ》の毛一本、余さず暗記していますから」

「お前、本当にすげぇなっ！」

「……男装は得意ですので」

「わたし、根に持たれてますっ？」

寂《さみ》しげな目をしたグレーテに、すかさずリリィがツッコミを入れる。

深い溝《みぞ》がありそうな問題だったが――。

「……とにかくボスは、遠く離《はな》れた場所にいるはずです」

グレーテはまとめるように口にした。

クラウス不在――その理由もジビアは想像がついた。

「暗殺者殺しだろ？」

ジビアは視線を飛ばす。

「この屋敷に潜《ひそ》んでいたのは屍じゃない。屍の協力者――オリヴィアだ」

オリヴィアと屍が別人であることは明らかだ。

報告書と外見が違いすぎる。彼女は、屍の協力者と見るべきだ。

だとしたらクラウスの行き先は想像がつく。

「オリヴィアの捕縛《ほばく》をあたしらに任せて、先生は屍と闘《たたか》っている。そういうことだな？」

グレーテは、はい、と頷いた。

リリィは終始目を白黒させている。

「えっ、じゃあ先生は結局一人で屍に挑《いど》んだんですか？　四人を選抜《せんばつ》する、っていうのは嘘《うそ》で、また仲間を頼《たよ》らず――」

「嘘じゃねぇよ。四人選抜したじゃねぇか」

ジビアは首を横に振《ふ》る。

彼は間違《まちが》いなく優秀《ゆうしゅう》な四人を選抜していた。


「アイツは四人を引き連れ、屍殺しに向かった――あたしら以外の四人だ」


ここにはいない『灯《ともしび》』の残りの四人――ティア、モニカ、アネット、エルナ。

陽炎《かげろう》パレスに残った四人こそが、本当に選ばれた四人と見るべきだろう。

さすがにリリィも真実を察したようだ。呆然《ぼうぜん》と口を開けて、固まっている。

その表情に応《こた》えるように、ジビアは呟《つぶや》いた。

「早い話、あたしらは外されたんだよ、メンバーから」

つい寂《さみ》しげな声音《こわね》になった。

任務のメインはむしろ向こうか。

今頃、クラウスは四人の少女と共に、屍と激闘《げきとう》を繰《く》り広げているだろう。

なぜ未熟な自分たちが四人に選抜されたのか。その謎《なぞ》に対する、これほどシンプルな回答もないだろう――自分たちは未熟だから選ばれなかった。それだけだ。


「――極上《ごくじょう》だ」


そう結論に達した時、低く、響《ひび》くような声が聞こえてきた。

顔を向けると、グレーテがクラウスの声を発している。

「――僕だ。事前にグレーテに伝言を頼《たの》んでおいた。騙《だま》す形になって、すまなかった。屋敷に潜む敵スパイに、僕がすぐ近くにいると誤認《ごにん》させることが、お前たちを守るために最善だった。敵への牽制《けんせい》となったはずだ」

まるでボイスレコーダーだ。彼の口調、声音で、グレーテの口から声が漏れる。

「――お前たちを任務に連れて行かなかったことを申し訳なく思う。だから、せめてその理由を明かしておこう」

ジビアとリリィは固唾《かたず》を呑《の》んで、待ち構えた。

それを聞かなければ納得《なっとく》しきれない。

「――まずジビアについてだが、彼女は右腕《うで》に怪我《けが》を負っている。屍との闘いに連れて行くには不安が残る。万全《ばんぜん》なら選出したかった。非常に惜《お》しい」

「………………」

「――サラは扱《あつか》う動物こそ非常に優秀であるが、本人の精神に不安が残る。そのぬきんでた才能をいずれ目覚めさせると信じているが、今はまだ時期尚早《しょうそう》だ」

「………………」

「――リリィは言うまでもなくミスが多い。また調子により実力も大幅《おおはば》に増減する。その爆発力《ばくはつ》と、持ち前の精神力には目を見張るものがあるが、屍相手には不向きと判断した」

「………………っ」

クラウスの指摘《してき》は的を射ていた。

何も言い返せない。ジビアは唇《くちびる》を噛《か》んで、じっと堪《こら》える。

自分には、特別に優《すぐ》れた頭脳はない。明言こそしなかったが、怪我を負っている自分には価値が乏《とぼ》しいという判断だろう。

隣《となり》では、リリィもまた唇を結んで、珍《めずら》しく真剣《しんけん》な面持《おもも》ちだった。彼女もまた、言いようのない悔《くや》しさを感じているはずだ。

――自分たちはクラウスに選ばれなかった。

突《つ》きつけられた事実に胸がつまる。

ジビアは行き場のない感情を吐《は》き出したい衝動《しょうどう》に駆られるが――。

「――だが、もちろん悪い側面だけを見て決めた訳ではない」

グレーテの声が大きく響いた。

ハッとして顔をあげる。

ここからが本当に伝えたいことだ、と言うように、グレーテの音量があがる。

「――お前たち四人は、仲間と協力する能力が非常に高い。他人との連携《れんけい》で初めて本領を発揮する。お前たちの敵は、屍の技量を受け継《つ》いでいる弟子《でし》だろう。強敵だ。僕が不在の状況で立ち向かえる四人を選出するならば、お前たちしかないと判断した」

最後に、グレーテはクラウスの語調で言い切った。

「――僕の力を頼らず、暗殺者の弟子を倒《たお》せ。お前たちならできる」

グレーテが元の口調に戻《もど》って「……伝言は以上です」と答えた。

ジビアの口から息が漏《も》れた。

ため息ではない。小さな笑いだった。

彼の伝言には、クラウスなりの誠意が感じられた。コメントに一切《いっさい》『なんとなく』が使われていない。不器用なくせに、必死に言語化したのか。

(そうだよな……そういう男だよな、アンタは)

未熟さも不調も見抜き、冷静に見つめ、導いてくれる。

(だから、あたしはアンタのチームに残るって決めたんだっ……!)

身体《からだ》からぞくぞくと熱が湧《わ》きおこる。

はっ、と笑って、ジビアは唇を舐《な》めた。

「ちょうどいい機会じゃねぇか。そもそも今回のスタートは、アイツに頼りっぱなしの現状への不満じゃねぇか。アイツがいなくても敵の一人くらい倒せねぇとな」

「ですね。天才リリィちゃんを連れて行かなかったこと、後悔《こうかい》させてやりますよっ!」

リリィも調子のいい発言で続く。

グレーテが不思議そうに眉《まゆ》をあげた。

「……てっきり、落ち込むと思っておりましたが」

リリィとアイコンタクトでセリフを合わせる。

「――むしろ燃えてきた」」

屍摘発《てきはつ》のメンバーに選ばれなかった。だが、ある意味でこれ以上ない信頼《しんらい》ではないか。

状況確認が終わった。後は行動を移すのみ。

――オリヴィアを逃《のが》す訳にはいかない。

「あたしとリリィが追う。グレーテ、作戦を頼む」

ジビアは視線を移した。

「……そして、サラは手当てを続けてくれ」

少し離れた場所にしゃがみ込む少女に、指示を出す。

「………」

サラから返事はなかった。

彼女は懸命《けんめい》に、傷ついたペットを手当てしていた。

鷹《たか》のバーナードは至近距離《きょり》ではないものの、爆風を浴びてしまった。羽があらぬ方向に曲がり、破片が腹に刺《さ》さっている。ジビアには、命が助かるか見当もつかない。

――今は話しかけない方が良いか。

去ろうとした時、サラが立ち上がった。ジビアに駆《か》け寄り、何かを押し付けている。

「あっ、あのっ！　この子、ジョニー氏っす。匂《にお》いを辿《たど》れます！」

それは小型犬だった。美しい黒い毛並みの品種である。

サラは涙目《なみだめ》で、途中《とちゆう》つっかえながら訴《うつた》えてきた。

「じ、自分は先生の言った通り、先輩《せんぱい》たちのように勇ましくなくてっ、今はとにかくバーナード氏のそばから離れたくなくて、情けないけど、これくらいしかできなくて――」

「十分すぎるよ。お前がいなかったら、あたしら全員死んでいたんだぜ？」

ジビアは彼女の頭を撫《な》でた。仇《かたき》は討《う》ってやる、と約束して。

手の下で、サラは強く涙を拭《ぬぐ》うと、すぐに鷹の許《もと》に戻っていった。

「最後に一個。グレーテとオリヴィアって仲悪いの？」

そうジビアが尋《たず》ねると、リリィもまた「あ、わたしも気になってました」と続いた。

彼女たちの間には、何か確執《かくしつ》があるようだったが。

グレーテは肩《かた》を上下させた。

「……あの方『ボスをもらっていいか』とわたくしに尋ねてきたのです」

ジビアとリリィは同時に笑った。

「そりゃ負ける訳にはいかねぇな」「身の程《ほど》を知れってんです」

オリヴィアの言葉はさすがに冗談《じようだん》だろう。

だが冗談ならばなお、グレーテを激怒《げきど》させたに違いない。

クラウスの信頼も、サラのパートナーのことも、グレーテの愛情のことも、国だの任務だの以上に、彼女たちを発奮させた。

ジビアとリリィはメイド服を脱《ぬ》ぎ捨てた。それと同時に、ずっと隠《かく》し持っていた任務服を早着替《はやきが》えで身に纏《まと》う。もう正体を隠す必要はない。メイド服よりも身体に馴染《なじ》む。

「証明してやりますか。先生なんかいなくても、わたしたちは最強ってことを」

「仲間を傷つけた落とし前はつけてもらうぜ」

二人のスパイは同時に不敵な笑《え》みを浮《う》かべ、森の中へ駆けて行った。

◇◇◇

オリヴィアは森の中腹で息をついていた。

ウーヴェの屋敷《やしき》からは一キロ以上、離《はな》れただろう。これで仮に『燎火』が、少女の遺体を発見しても自分の居場所を辿れないはずだ。

立ち止まって、自身の装備を確認する。

装備はタバコとライター、ナイフが二本と自動拳銃《けんじゅう》のみ。銃弾《じゅうだん》は八発のみ。心許《こころもと》なくはあるが、急に飛び出したにしては十分な装備だ。ゆっくりと森を抜《ぬ》けて、やり過ごしたあとは街で旅行客を襲《おそ》い、金銭とパスポートを奪《うば》って帝国《ていこく》に帰るか。

目立ちたくはないが、一服したい欲求が上回った。

しかし、タバコをくわえて火を点《つ》けた時、耳が物音を捉《とら》えた。

がさがさと落ち葉を散らしていく音が聞こえてくる。

イノシシか、鹿《しか》だろうか。左手にナイフと、右手に拳銃を構えて身構える。

足音は複数、片方は小動物のようだ。続くのは、二足歩行――？

「まさか――」

『燎火』が来たのか。

そう最悪の可能性に思い至るが、姿を現したのは予想外の存在だった。

「――よぉ」

白髪《はくはつ》の少女――ジビアだった。

動きやすそうな服装で、木の陰《かげ》から飛び出してきた。すかさず拳銃を発砲《はっぽう》する。

彼女の弾丸は、オリヴィアが咄嗟《とっさ》に身を隠した木の幹に命中した。

「逃《に》げんなよ、オリヴィアさん」

彼女の足下には、小さな黒犬が待機している。

匂いを追ってきたのか。油断した。まさか動物を連れていたなんて。

いや、それよりも――。

「生きていた、の……？　あの手榴弾《しゅりゅうだん》をどうやって――」

「優秀《ゆうしゅう》な仲間がいるもんでね。死亡確認《かくにん》もしないのは迂闊《うかつ》だったな」

「そうね……」

「それとも――誰《だれ》かに怯《おび》えて一秒でも早く逃げ出したかったのか？」

「……」

図星だった。

こちらの意図くらいお見通しという訳か。

「うちのボスが出るまでもねぇよ――アンタは、あたしが相手だ」

「それは舐められたものね」

二人が会話をしているのは、常緑樹が生《お》い茂《しげ》っている森だ。

距離は二十メートル程度。間には、複数のマツの木が立ち並び、恰好《かっこう》の障害物になっていた。銃撃戦《じゅうげきせん》を仕掛《しか》けたいところだが、こんな少女相手に貴重な銃弾を使いたくない。

オリヴィアはナイフを固く握《にぎ》った。

「確かにアンタのボスを警戒《けいかい》しているけど、それはローランドが認めているからよ」

「アンタたちが『屍』って呼んだ男の名前。二度とそんな名前を口にしないで」

「ローランド？」

さっき盗《ぬす》み聞いた時、不愉快《ふゆかい》だった。

彼をそんなふざけた名前で呼ぶことを許してはおけない。

「いいのかよ、名前なんか教えて」木の陰からジビアの笑い声が聞こえてくる。

「ええ、問題ないわ。これから殺すから」

オリヴィアは腰《こし》を落とした。

「ローランドは生意気なガキまで警戒するよう命令してない」

口うるさい白髪女も、ドジな銀髪《ぎんぱつ》女、根暗な赤髪《あかがみ》女も、本当は反吐《へど》が出るほど嫌悪《けんお》していた。案外、こんな機会を待ち望んでいたのかもしれない。

「――死んで」

その言葉と共に、オリヴィアは木陰から飛び出した。ジビアが潜《ひそ》む箇所《かしょ》に向かって、銃弾を放つ。

彼女はすぐに撃《う》ち返してきた。その銃声で、彼女がいる位置を正確に把握《はあく》した。

一気に距離を詰《つ》めた。

途中またジビアは二、三度続けて発砲してきたが、木々の隙間《すきま》を縫《ぬ》うように駆けたことで、彼女の銃弾は遮蔽物《しゃへい》に阻《はば》まれる。木の表皮だけがオリヴィアの頰《ほお》を掠《かす》めた。

使用した銃弾は威嚇《いかく》代わりの一発。ガキを殺すには、それ以上は不要だ。

「ローランドは最強の暗殺者よ」

オリヴィアは微笑《ほほえ》んだ。

「その弟子《でし》の私は彼の技術を習得しているのよ」

銃をレッグホルスターにしまい、片手を空にする。

ジビアの眼前に肉薄《にくはく》する。彼女はあくまで銃口を向けてくるが、既《すで》に銃の間合いではない。銃に依存《いそん》しがちな素人《しろうと》の挙動だ。

オリヴィアはナイフで、ジビアの銃を弾《はじ》き飛ばす。

そして、すかさず空手になっている拳《こぶし》で、彼女の頰を殴《なぐ》りつけた。軽い彼女の身体は容易《たやす》く倒《たお》れ、山の斜面《しゃめん》を転がっていく。

かなり強くヒットした手ごたえはあった。

——やはり敵ではない。

所詮《しょせん》は、ガキだ。スパイ同士の格闘《かくとう》は未熟なのだろう。

時間はない。ナイフでさっさとトドメを刺そう。

ジビアは頭を地面に打ったのか、苦しそうな声をあげる。まだ起き上がれていない。頰を押さえて「くそっ、実力を読み違《ちが》えていた」と呻《うめ》いた。

オリヴィアは、地面を蹴《け》った。

ジビアの白く細い首に向けて、ナイフを振《ふ》るう。数秒後には少女が絶命する明確なイメージまで、オリヴィアは幻視《げんし》していた。

その時聞こえたのは、凛然《りんぜん》とした声。

「予想より数段トロいよ、オリヴィアさん」

ジビアが消える。

ナイフが空振《からぶ》りに終わった。

（え……？）

頭がショートする。必殺の一撃を避《よ》けられたショックではない。

身体《からだ》に湧《わ》き起こる薄気味《うすきみ》悪《わる》い感覚。

まるで彼女の身体が消えたような——。

状況《じょうきょう》に理解が追いつかないでいると、身体が宙に浮かび上がった。足を払《はら》われた。

受け身を取ろうと手を伸《の》ばすが、途中、腕《うで》を掴《つか》まれて、それをなすこともできなかった。

敵に腕を掴まれた体勢のまま、無様に尻《しり》もちをつく。

「隙だらけだ」

冷ややかな声が頭上から聞こえてきた。

まずい。

そう思った時には、腕を解放された。直後、左肩《かた》に迫《せま》りくるナイフの気配がした。ギリギリで身を捩《よじ》って回避《かいひ》するが、背中を斬《き》られる。熱い。出血の痛みがあった。重傷ではないが、それなりのダメージだ。

慌《あわ》ててジビアから距離《きょり》を取った。

相手はすぐに追っては来ず、余裕《よゆう》の表情を見せていた。

「最近アイツの本気を見たからかな。遅く感じるよ」

「………っ」

一瞬《いっしゅん》唇《くちびる》を嚙《か》んだが、すぐに力を緩《ゆる》める。

(こんな相手に動揺《どうよう》してどうするのよ。どうとでも対処できる)

思わぬスピードに驚《おどろ》きはしたものの、その程度で冷静さを失わない。

距離を取ってしまえば、有利なのはこちらだ。

(わざと銃を捨て、奇襲《きしゅう》に懸《か》けたようだけど……失敗したわね)

同じ手は通じない。

なにより――。

（再び距離を取られたら、銃を失ったアンタはどうやって勝つつもり？）

銃弾を節約したかったが、仕方がない。

彼女はバックステップを踏《ふ》み、ジビアから距離を取る。

ナイフではなく銃の間合いに逃げる――しかし、それは迂闊だった。

オリヴィアがレッグホルスターの銃を握ろうとした時、その手は空振りに終わる。

「えっ……？」

「悪い、アンタの太腿《ふともも》にあった銃なら――」

視界の先で、ジビアがにやりと笑みを浮かべた。

「――もう盗んだ」


彼女の左手にあったのは、オリヴィアの自動拳銃。

それを彼女は何一つ躊躇《ため》らうことなく発砲した。

◇◇◇

リリィは林の中を一人で駆《か》けていた。発砲音が響《ひび》く方に、足を動かしていく。
「あれだけ二人で意気込んだのに、まさか置いていかれるとは……」
同時に出発したはずなのに、あっという間に距離を離された。身体能力が違いすぎる。
そのまま、ジビアはたった一人でオリヴィアとの戦闘に入ったらしい。
余程《よほど》気合いが入っているのだろう。
(格闘だけなら、ジビアちゃん、凄《すさ》まじいですからね……)
抜群《ばつぐん》の身体能力。そして、なんでも盗む手癖《てくせ》の悪さ。
格闘術は、少女の中で一番だ。一対一に追い込んでしまえば独壇場《どくだんじょう》。
『灯』の戦闘担当。
クラウスやギードという余程の規格外が相手でなければ、互角《ごかく》以上に闘えるはずだ。
「本当に力業《ちからわざ》でこそ輝《かがや》きますよねー、あの白髪オランウータン」
本人に聞かれたら殴られそうな言葉をリリィは口走り、
果たして、自分に同じことができるか考えて、
「………わたしの右腕として認めてやりますかね」
と認定する。
——黙《だま》れ。

と脳内でツッコまれた気分になるが無視していく。

◇◇◇

オリヴィアの右頬《ほお》を弾丸が掠めた。

自慢《じまん》の顔を傷つけられ、怒《いか》りで身体が熱くなる。しかし、冷静にならねばならない。今は生きるか死ぬかの瀬戸際《せとぎわ》なのだから。

ジビアとの距離は、ナイフで立ち向かうには離《はな》れすぎて、銃弾《じゅうだん》を避けるには近すぎる。

——最悪の間合いだ。

彼女はジビアに背を向けて、全力で大木の方向に駆け出した。狙《ねら》いをつけられぬよう、円を描《えが》くように走り、少しでも銃弾から逃《のが》れようとする。彼女の足元や耳元で、土や枝が弾《はじ》け飛んだ。

せっかくオリヴィアが温存した銃弾を、ジビアは惜《お》しげなく使っていく。

ここで勝負を決める気なのだろう。自分ならば、そうする。

オリヴィアは、ローランドから教わった全技術を逃走《とうそう》に費《つい》やした。

「……っ」ジビアの舌打ちが背後から聞こえてきた。

最後の一発をジビアが撃ち終わる頃《ころ》、ちょうどオリヴィアは大木の陰《かげ》に身を隠《かく》すことができた。

結局、被弾《ひだん》したのは、最初に頬を掠めた一発だけ――。

（射撃《しやげき》が下手……？　アレほどの身体能力を持ちながら？）

九死に一生を得た安堵《あんど》と同時に、疑問が生まれた。

もしジビアと自分が逆の立場ならば、確実に相手を殺せた。

しかし、わざと逃《に》がす理由はない。

（何かがおかしい……）

頭に何かが引《ひ》っ掛《か》かる。

（そういえば、アイツはなんでさっき私の身体を放した……？）

仕掛《しか》けてきた奇襲のことだ。

腕を捕《つか》まえられ、窮地《きゆうち》に立たされた。しかしジビアはナイフを振るう瞬間、なぜかオリヴィアの腕を放したのだ。

『自分が常に万全《ばんぜん》とは限らないように、敵も常に万全とは限らない』

ローランドの教えを思い出す。

『敵がどちらの手を使うか、記憶《きおく》しておくといいよ』

さっきからジビアが使用しているのは——左腕のみ。

オリヴィアの口から笑《え》みが漏《も》れた。

彼女は大木の陰《かげ》から出た。

もうジビアに銃弾は残っていないはずだ。何一つ恐《おそ》れることはない。

仮に銃弾があったとしても、彼女に当てられる技量はないだろうが——。

「メイドをしている時は、器用に隠していたわね」

しかめ面《つら》をするジビアに、笑いかけた。

「右腕が利《き》き腕なんでしょ？　負傷しているの？」

「っ」

その反応で、オリヴィアは確信を得る。

——今の彼女は、まともな格闘ができない。

もう油断はしない。銃弾を気にする必要はない。

ただ、彼女は淡々《たんたん》と獲物《えもの》を追い詰《つ》めればよかったのだ。

ジビアは悔《くや》しそうに拳銃《けんじゅう》を山に放《ほう》り投げると、左手にナイフを構えた。しかし立ち向かって来ようとはしない。半身の体勢になり、後退していくだけだ。

オリヴィアはそれを追いかけて、ナイフで彼女と切り結ぶ。

その直後に腰《こし》にめがけて、ミドルキックを放った。右腕で防ぐだけの大ぶりな攻撃《こうげき》だったが、ジビアは悲鳴をあげた。

「ほら、数段トロいんじゃなかったの？」

「っ」

「強がりのくせにっ！」

次にオリヴィアはジビアの顔を貫《つらぬ》くようにナイフで突《つ》く。

咄嗟《とっさ》に阻《はば》んできたジビアのナイフを弾き飛ばすことに成功した。

「あら、残念ね。まだ武器は残ってる？」

「心配には及《およ》ばねぇよ」

ジビアは後方に下がって、笑みを見せる。

「――もう盗《ぬす》んだ」

彼女がポケットに手を入れると、そこには、オリヴィアの予備のナイフがあった。

また一瞬で盗んでみせたらしい。

「コソ泥《どろ》め……」

これでオリヴィアが持つ武器は、今手にしているナイフ一本だけ。

しかし恐れることはない。

形勢は逆転した。もはや格闘《かくとう》で負ける要素がない。

右腕《うで》の動きは全部ブラフ。それさえ知っていれば、なんてことはない。

「凶器《きょうき》を盗んだところで一緒《いっしょ》よ。私には勝てないわ」

「……ここらが引き際かね」

ジビアは唾《つば》を吐《は》き捨てると、後方に走っていった。逃走を図る気だろう。

逡巡《しゆんじゆん》は一秒――オリヴィアは追いかける選択《せんたく》をした。

ジビアの評価を改めていた。彼女はいずれ帝国《ていこく》の脅威《きょうい》になるかもしれない。万が一にでも、恋人《こいびと》の障害になるなら消すべきだ。

それに――。

「そっちは崖《がけ》よ」

「なっ……」

ジビアが逃げる方向にあったのは断崖《だんがい》だった。

マツの林が消えた瞬間、一気に視界が開けた。ここまで追い込んでしまえば、格下を殺すことなど造作もない。

「把握《はあく》していなかったの？」

オリヴィアは嘲《あざけ》る。

「『任務地の地形を緻密《ちみつ》に把握していくこと』――私はそう教わったわ」

「あたしは『任務地は、赤子を慈《いつく》しむように愛すること』って教わったな」

「なによ、それ」

「こっちが聞きたい」

ジビアは崖下に視線を下ろして、息をついた。

道具を用いれば降りられない高さではないが、その準備はしていないようだ。

「――愛されていないのね」オリヴィアは笑った。

「あ？」

「あのメンヘラ女と語った時にも思ったのよ」

「……一応確認《かくにん》するけど、グレーテのことか？」

「アナタたちは愛を受けていないって」

オリヴィアは自身の胸に手を当てた。

「ローランドは彼の全技術を教えてくれた。『燎火《かがりび》』は、何を教えてくれたの？」

「……具体例は浮かばねぇな」

「じゃあ、抱《だ》いてくれた？」

「っ！　変な想像させんじゃねぇ！」

「ローランドは何度も抱いてくれたわ。愛情を注ぎ、技術を注ぎ、私が願うものを全《すべ》て与《あた》えてくれた。分からなければ何度も教え、導き、指導してくれた」

それは少女たちでは、決して得られない教育だろう。

オリヴィアは身体《からだ》を傾《かたむ》けた。

「――愛されているから、殺気を読む術も教わっている」

次の瞬間《しゅんかん》、銃声が鳴り、オリヴィアのそばを銃弾がよぎった。

林の陰から銃を構えたリリィが顔を出す。

「これだから天才って嫌《いや》になっちゃいますよ」

彼女もまた生きていたらしい。

この分なら、グレーテも生きていると見るべきだろう。

「まさかアナタまで工作員だったとはね」

「どうも、メイドは仮の姿のリリィちゃんです」

リリィは右手で銃を構えたまま、左手で何かを握《にぎ》っている。

暗闇《くらやみ》の中、それが月の明かりを反射していた。

十センチ長の針――先が濡《ぬ》れている。おそらく毒か。

「さて、ここからは本気の本気。最強のコンビネーションを見せてやりますよ」

リリィが楽しげに笑い、ジビアもまたナイフを構えた。

普段《ふだん》から仲の良い彼女たちのことだ。連携《れんけい》は取れているだろう。

しかし、問題はない。

自分にはローランドの教えがある。

『二対一なら、挟《はさ》み撃《う》ちにされるよう位置を取りなさい』

オリヴィアは、ジビアとリリィを結ぶ直線上に立った。

リリィの表情が険しくなる。

これだけでリリィは銃を使えない。彼女が銃を外せば、仲間に当たりかねない。

後は格闘術で圧倒《あっとう》してしまえばいい。

挟み撃ちのセオリー通り、彼女たちは同時に飛び込んでくるはずだ。

「いきますよっ！」とリリィが叫《さけ》び、「おうっ」とジビアが答える。

阿吽《あうん》の呼吸だ。

まず動き始めたのはジビア。唯一《ゆいいつ》満足に扱《あつか》える左手でナイフを握りしめ、飛び掛かってくる。速度は厄介《やっかい》ではあったが、右腕が扱えないと知っていれば対処も可能だ。

彼女の正面に立ち、その攻撃を受け止める。

しかし予想以上に激しい一撃だった。力を振《ふ》り絞《しぼ》ったのか。ナイフが弾《はじ》き飛ばされる。

「隙《すき》ありですっ！」

リリィが背後から、わざわざ隙を教えながら駆《か》けてきた。

彼女にジビアほどのキレはない。オリヴィアは身体をズラすだけでいい。

「あれ？」

「えっ」

導かれた現実に、少女は理解が追いつかなかったようだ。

リリィの針は深々と突き刺《さ》さった――ジビアの太腿《ふともも》に。

途端《とたん》にジビアの顔色が悪くなる。

「……バッカ、やろう……」

よほど強力な毒らしい。

彼女の全身から汗《あせ》が噴《ふ》き出していた。体を痙攣《けいれん》させる。目の焦点《しょうてん》が合わなくなっていき、足がふらつき始めた。

「同士討《う》ちね」オリヴィアは笑った。「人生で一番酷《ひど》いコンビネーションを見たわ」

もはや憐《あわ》れだ。

オリヴィアは余裕《よゆう》をもって、リリィの顎《あご》を蹴《け》り飛ばす。

彼女の手からバラバラと針が落ちていた。

オリヴィアはその針に触《ふ》れると、針の先端《せんたん》を指先で撫《な》でる。

すぐに触れた皮膚《ひふ》が爛《ただ》れ始めた。

「凄《すご》い毒ね、これ」

こんな猛毒《もうどく》を盛られたら、さすがに一溜《ひとたま》りもないだろう。

「あいにく、凶器が盗まれちゃったから。楽でいいわ」

「かっ、返してくださ——」

「返すわよ」

オリヴィアは、そのリリィの腕に毒針を突き刺した。

彼女もまた、先ほどのジビアのように顔を真っ白にさせる。荒《あら》い呼吸を繰《く》り返して、力ない足取りで動き始める。

「み、水を……」

うわ言のように呟《つぶや》いた。

「逃《に》げても、そっちは崖よ」

相手するまでもなかった。

リリィは、同じように意識を白濁《はくだく》させたジビアにもたれる。

そのまま二人は崖下に落ちていった。

念のため、崖下を覗《のぞ》き込んでみるが、闇《やみ》が深すぎて遺体の確認はできない。

しかし、今回はするまでもないだろう。

あの強力な毒を食らい、高さ数十メートルの崖を落ちたのだ。生存の見込みはない。

間違《まちが》いなく絶命した。

勝負は終わった。オリヴィアの完勝だ。

（けれど、おかしいわね……）

二人の少女を処理し終えると、別のことが気になってくる。

（どうして『燎火』ではなく、この少女二人が命を賭《と》して挑《いど》んでくるのかしら……実力差は明らかだったはず……無惨《むざん》に殺されるだけじゃない）

あの男は近くに潜《ひそ》んでいると推測していたが――。

（初めて『燎火』を見かけた日……その場にいなかった人物……変装が得意だった……男装が得意そうな体格……）

結論が導き出されるまで、そう時間はかからなかった。

「――『燎火』は、ここにはいない」

だったら、もう何も恐《おそ》れることはない。

（なるほどね……帝国のスパイを警戒《けいかい》させるため、か……）

タネさえ分かってしまえば、笑ってしまう。

尻尾《しっぽ》を巻いて逃げようとした自分が、恥《は》ずかしい。危ないところだった。

「殺してあげるわ、メンヘラ女」

リリィもジビアも死んだ。あとは、グレーテを殺してしまえばいい。

それでもう自分の秘密を知る者はいなくなる――。

決着を果たそう、あの赤髪《あかがみ》の小娘《こむすめ》と。

◇◇◇

崖の下では、二人の少女が横たわっていた。

白髪《はくはつ》の少女は、口からだらりと情けなく舌が飛び出し、白目を剝《む》いて倒《たお》れている。時折全身を痙攣させ、生きているらしき反応を見せるが、次第にその間隔も遅《おそ》くなる。

もう片方の銀髪《ぎんぱつ》の少女は、ぴくりとも身体を動かさない。眠《ねむ》りについたように瞼《まぶた》を閉じ、仰向《あおむ》けになっていた。腕に刺さった毒針は抜《ぬ》き取られず、深々と突《つ》き刺さったままだったが――。

「――よっこらせ」

と、銀髪の少女、リリィは身体を起こした。

誰《だれ》にも見られていないことを確認すると、隣《となり》に横たわる相方の処理をしていく。取り出した解毒剤《げどくざい》を注射し、強引《ごういん》に水を飲ませる。遠慮《えんりょ》なく顔をぺしぺしと叩《たた》くと、

「やっ」

白髪の少女、ジビアが目を覚ました。

「あぁぁ！　死ぬかと――」

そう叫んだ直後、彼女はまた地面にうつ伏《ぶ》せになり、嘔吐《おうと》する。膝《ひざ》が痙攣して、立ち上がれそうにない。

「実際、ほぼ仮死状態になる毒ですよ。無理しないでください」

「うぐぇ……」ジビアは胃の中のものを吐《は》き出した。「お前は……？」

「わたしは事前に解毒剤を飲んでいましたし、耐性《たいせい》があるんで」

いぇい、とリリィはピースサインをする。

「ま……さすがに、この場を動くのは無理ですけどね」

リリィは毒に対しては耐性がある。

崖下《がけした》に落ちたジビアを抱《かか》えて、受け身を取ったのは彼女だった。途中《とちゅう》、岩肌《いわはだ》にワイヤーを引っかけ、落下の衝撃《しょうげき》を殺した。

「サンキュ。あのまま闘ってたら、間違いなく殺されてたわ」ジビアは受け取った水を一気に飲んだ。「よく準備してたよ、仲間に盛る用の毒なんて」

「この前、間違えて先生に毒針を刺した時に閃《ひらめ》きました」

「着想がひでぇ！」

そこで、ジビアは崖上を睨《にら》みつける。

「うまく騙《だま》し通せたか。欲を言えば、もう少しダメージを負わせたかったが……」

「はい、計画通りです。オリヴィアさんは屋敷《やしき》に戻《もど》りました」

リリィとジビアは完璧《かんぺき》に仕事をこなしていた。

——オリヴィアと闘《たたか》い、彼女の前で死ぬこと。

ジビアが武器を全て盗み、リリィの毒針を使用させた。毒針に刺され、崖に落下した少女を見て、今度こそ確実に死んだと思ったに違いない。

そして悟《さと》るだろう。クラウスがこの場にはいないことを——。

「見破れないものですね。いくらわたしでも襲《おそ》う時に、『隙ありっ』なんて叫びません」

「たまに叫ぶぞ」

「日頃《ひごろ》からドジっ子の演技をしていた布石が活《い》きましたか」

「素《す》だろ」

細々ツッコミを入れて、ジビアは半身を起こした。

ジビアたちは役目を果たした。後はグレーテに託《たく》した。

今更《いまさら》ジタバタしたところで、彼女たちはもう動けない。仲間の成功を祈《いの》るだけだ。

「……なぁ、グレーテは本当に大丈夫《だいじょうぶ》なのか？」

ジビアは、隣に座っているリリィの姿を見た。

「アイツ、格闘《かくとう》は得意じゃねぇだろ。どうやってオリヴィアに勝つ気なんだ？」

彼女は頭脳派の人間だ。運動神経が秀《ひい》でている訳ではない。『灯』の中でも、格闘術は下から数えた方が早い順位だろう。

まともに闘って、オリヴィアに勝てるはずがない。殺されるだけだ。

「うーん、きっと心配要《い》らないと思いますよ？」

しかし、リリィの返答は明るいものだった。

「お前なぁ……」とジビアは呆《あき》れてみせる。「また能天気に――」

「だって覚悟《かくご》が違いますもん」

リリィが呟いた。

「立案も、指揮も、指導も、心の拠《よ》り所も、そして、ターゲットを仕留める仕上げも——先生そのものを演じて全て引き受ける。そんな強い心の人が負けるなんて思えません」

ジビアは拳《こぶし》を握《にぎ》りしめる。

もちろん彼女の覚悟は分かっている。

世界最強の分身となる——。

そんな馬鹿《ばか》げた発想に、ジビアは圧倒されるしかなかった。

「アイツがすげぇことは分かってるけどっ」ジビアは発した。「結果、フラフラだったじゃねぇか。元々体力もねぇのに」

リリィの気遣《きづか》いがなければ、グレーテは今にも倒れそうだった。

なのに、彼女は力強く宣言した。

——オリヴィアさんが屋敷まで戻ってくれれば、わたくしが直接決着をつけます。

疲労困憊《ひろうこんぱい》の身体《からだ》で、たった一人で挑もうとしている。

リリィは大きく息を吐く。

「今は、ただ信じましょうよ。わたしたちの参謀《さんぼう》を」

そして屋敷の方に視線を向け、優《やさ》しく微笑《ほほえ》んだ。

「大活躍《だいかつやく》して、先生に褒《ほ》められて——愛されちゃってくださいよ」

◇◇◇

森に響《ひび》いた発砲《はっぽう》音は、グレーテの耳にも届いていた。

ジビアたちの闘いだろう。

実力は未知数であれど、相手は現役《げんえき》のスパイだ。自分たちのように養成機関を仮卒業したばかりの人間とは訳が違う。強敵に違いない。

ジビアが倒し切るのが理想だが、叶《かな》わないだろう。怪我《けが》を負う彼女を闘いに出す時点で暴挙なのだ。嫌《いや》な顔一つ見せず、勇ましく挑んだ彼女には感謝しかない。

——オリヴィアはここにくる。

立ち向かう準備はしてある。しかし、どれだけ強い自信を持っても、不安は消えない。

（これが、ボスが背負っている責任……）

クラウスの代わりに策を練った。

クラウスの代わりに指示を出した。

クラウスの代わりに敵と相対する。

彼を演じきって、改めて彼が抱《いだ》く責任を悟る。

一つ一つが重荷となり、身体を押し潰《つぶ》す。

（……全てを手放し逃げ出せれば、どれほど楽でしょうね）

お守りの万年筆を握りしめる。脳裏《のうり》には、彼との会話があった。

『敵は凶悪《きょうあく》な暗殺者だ。リスクを抑《おさ》えるためには、優秀《ゆうしゅう》な四人を連れて行く必要がある。お前は、残った三人で屍の協力者を見つけ出し、倒してほしい。やれるか？』

そうクラウスが発した問いに、グレーテは即答《そくとう》で『引き受ける』と告げた。

覚悟していたからだ。

——ボスに甘えてもらえる存在になる、と。

しかし、そんな決意も今になって揺《ゆ》らいでしまう。

心の奥底から、無限に恐怖《きょうふ》があふれ出る。

恐《こわ》い。恐い。

そばにクラウスがいてほしい。守ってほしい。助けてほしい。

自分の震《ふる》える肩《かた》を抱《だ》きしめて、片時も離《はな》れないでほしい。

(今すぐに……逃《に》げてしまいたい……)

だが、それを押しとどめるのも、クラウスの言葉だった。


『逃げてもいい』

彼は穏《おだ》やかな顔で告げた。

『その時は僕一人でこなす。具体的な策は浮《う》かんでいないが、見つけられるはずだ。問題はない。睡眠《すいみん》時間を二時間まで削れば、どうってことは――』

それ以上は聞いていられず、グレーテは首を横に振《ふ》った。

『……わたくしは、逃げません』

身体に力を入れて、臆病風《おくびょうかぜ》に吹《ふ》かれる自分を発奮させる。

（ここで逃げたら、きっとボスはまた無茶をしてしまう……）

目に見えている。

仲間を殺さないため、家族が愛した国を守るため、彼は自分一人で背負うだろう。

世界最強を自負しても、彼もまた人間だ。いつか無理が祟《たた》る。

そして、命を落とす。彼の仲間と同じように。

（……だから、ここで立ち向かわないといけない）

どんな敵が相手だろうと関係ない。自分にはクラウスとの約束がある。

『一つお願いを聞いてくれませんか……？』

任務の出発直前、グレーテは申し出た。

『もし任務を達成した暁《あかつき》には、わたくしを抱きしめてくれますか……？』

クラウスは眉《まゆ》をひそめた。
どんな言葉を返すべきか、悩《なや》んでいるようだ。珍《めずら》しい表情をしている。
グレーテは微笑んだ。
『重く受け止めないでください。ただ、支えとなる言葉が欲《ほ》しいのです……』
彼はすぐに意を汲《く》んでくれた。
『――分かった、約束する』
真摯《しんし》な瞳《ひとみ》を向けて、告げてくれた。
『僕は、生きて戻ってきたお前を強く抱きしめよう』
無限に勇気が湧《わ》いてくる言葉。
足の震えが止まる。万年筆をぐっと握りしめ、胸を張って、正面を見据《みす》える。

カツン、と足音が聞こえた。

回想が打ち切られる。
顔を上げると、オリヴィアの姿があった。
小さなナイフを一本握りしめて、屋根の上に立っている。

「なに？　待ち受けていたって顔ね」

オリヴィアの凶器《きょうき》を全て盗《ぬす》む、というのがジビアに託した作戦だ。作戦が失敗したと思いたくない。自室の予備を持ちだしたのだろう。

オリヴィアは余裕《よゆう》の笑《え》みを見せてきた。

「ジビアとリリィは、殺してきたわ」

計画通りと信じ込む。

それを確認《かくにん》する術《すべ》はなかったが。

「これでアンタさえ殺せば、私の秘密を知る者はいなくなる」

「……さぁ。もうわたくしがウーヴェさんに真実を伝えている可能性もあります……」

「どうでもいいわよ。あんな爺《じい》さん、いくらでもやり込める」

オリヴィアは艶《つや》やかな唇《くちびる》を舐《な》めた。ナイフを逆手に握りしめ、近づいてくる。

呼吸を整える。屋根に逃げ場などない。

――この任務に決着をつける時だ。

クラウスは屍と闘《たたか》い、そして、勝つだろう。

ここで自分が負ける訳にはいかない。

「さぁ」オリヴィアは腰《こし》を落とした。「殺し合いましょう」

「……想定通りです」

グレーテは万年筆を懐《ふところ》にしまうと、代わりに自動拳銃《けんじゅう》を取り出した。非力な彼女は、他の少女よりも小ぶりの銃を用いる。スライドを終えると同時に発砲する。

しかし、オリヴィアの動作の方が早かった。

俊敏《しゅんびん》な動作でナイフを投げると、ナイフは銃の側面を弾《はじ》いた。正確な一撃《いちげき》だ。狙《ねら》いが逸《そ》れ、銃弾《じゅうだん》はあらぬ方向に飛んでいく。

迫《せま》りくるオリヴィアに対し、グレーテは罠《わな》を起動させる。敵の死角から矢が放たれる。ほとんど無音の攻撃《こうげき》。銃声に耳が慣れた敵に、その音が聞き取れるとは思えない。

「無駄《むだ》」と嘲笑《ちょうしょう》する声。

オリヴィアは身を翻《ひるがえ》して、背後からの矢を回避《かいひ》する。

矢は虚空《こくう》に飛んでいき、闇夜《やみよ》に消えていく。

グレーテは呻《うめ》いた。

敵は殺気を感じ取れる。クラウスと同じ、一流のスパイが持つスキル。よほど意表をつく攻撃か、あるいは、殺気を感じ取っても尚避《なおさ》けられない一撃でしか攻略できない。

それに失敗すれば――後は、肉弾戦。

オリヴィアには既《すで》に間合いに入られていた。グレーテは銃を持ち変えると、銃把《じゅうは》をハンマーのように扱《あつか》い、側頭部に殴《なぐ》りかかる。

しかし、それよりも早く彼女の蹴《け》りが脇腹《わきばら》に刺《さ》さった。崩れた体勢を立て直す間もなく、胸を殴られた。

グレーテは拳銃を取り落として、這《は》いつくばる。

——格が違《ちが》う。

ありとあらゆる動きが速すぎる。自分がどう動こうと関係がない。

行動を開始する瞬間《しゅんかん》には、オリヴィアは行動を終えている。

——実力差がありすぎる。

起き上がろうと顔をあげた時、目の前には既にオリヴィアがいた。

首を摑《つか》まれる。

呼吸が止まった。呻き声が漏《も》れる。

彼女の腕《うで》を摑むが、その力が緩《ゆる》められることはない。足をばたつかせても無駄だった。

「全然ダメ。拍子抜《ひょうしぬ》けね」

オリヴィアは容赦《ようしゃ》なく、首を締《し》め上げてきた。

「格上にこんな正攻法で勝てるわけないじゃない、そんなことも分からないの？」

「……っ」

「あ、そうか。先生はアンタに何も教えてくれなかったんだー。かわいそー」

オリヴィアはそこで一旦《いったん》手を緩めた。

グレーテの身体《からだ》は屋根に降ろされる。強く咳《せ》き込んだ。窒息《ちっそく》する寸前だった。

すかさず屋根に転がる拳銃に手を伸《の》ばすが、その手はオリヴィアに強く踏《ふ》まれた。

「ねぇ、アンタ、変装が得意なんでしょ？」

手の甲《こう》が靴《くつ》で踏みにじられる。

「聞きたいわ。それで、どう勝つつもり？　マスクをつけるのに、どんなに早くても十秒。その間は両手も使えない。誰《だれ》がどう考えたって近接戦で活《い》きる力じゃないでしょ？　アンタみたいなタイプは、一対一になった瞬間に敗北しているのよ」

オリヴィアはグレーテの拳銃を拾い上げた。

用意していた唯一《ゆいいつ》の武器をこれで失う。

「でも、いいわ。私は優《やさ》しいから最後のチャンスをあげる」

オリヴィアは銃口を迷わず向けてきた。

「——飛び降りなさい」

「……飛び、降り？」

「そう、今すぐこの屋根の上から飛ぶの」

グレーテが口答えする前に、オリヴィアは銃口を向けたまま、グレーテの胸倉《むなぐら》を摑み強《ごう》引《いん》に立たせた。そして、グレーテを屋根の先へと突《つ》き出した。

落下する寸前でギリギリ踏みとどまる。

眼前には、煉瓦《れんが》が敷《し》き詰《つ》められた庭が広がっていた。高さは十メートルを超《こ》えるか。

「所詮《しょせん》、三階建ての建物よ。運が良ければ死なないわ」

「……自殺に、見せかける、ということですか……？」

「都合がいいもの。アンタに、リリィとジビアを殺した罪を押し付ける」

背中には、銃口の感触《かんしょく》があった。

心臓の真後ろに押し付けられる。威力《いりょく》の弱い銃でも殺すには十分な距離《きょり》だった。

「選ばせてあげるわ。ここで撃《う》ち殺されるか、一縷《いちる》の望みをかけて飛び降りるか」

「そんな……」

「両手を上げて、一歩前に出なさい。従わなかったら撃つ」

慣れた口調だ。同じ言葉を何度も吐《は》いてきたに違いない。

歯向かえば銃殺される。飛び降りれば助かるかもしれない――。

そんな二《に》択《たく》に迫られれば、誰もが後者を選ぶ。自殺と処理されて、暗殺されたのだとも主張できないまま――。

屍とオリヴィアは、そんな残酷《ざんこく》な手法で暗殺を繰《く》り返してきたのだ。

「……っ」口から呻き声が漏れた。

グレーテは唇を噛《か》み、両手を上げた。

無抵抗《むていこう》を示して、屋根の先に向かって一歩踏み出した。

オリヴィアはぴったりと背後をついてくる。背中から銃が剝《は》がせない。

「そう、それでいいの」

逃《に》がすつもりはないようだ。

あと一歩前に足を動かせば、自分はここから落ちる。

煉瓦に叩きつけられ、骨と内臓が潰れた遺体となるはずだ。

オリヴィアは、一縷の望み、というが実際、そんな可能性はゼロに等しい。

飛んだところで、衝撃《しょうげき》を軽減する準備はない。仮にそんな小細工を弄《ろう》しても、屋根の上からオリヴィアに射殺される運命だろうが。

「よかったわね」

背後からオリヴィアが笑いかけてきた。

「死んだら、きっと先生に愛してもらえるわよ。メイドの先輩《せんぱい》として、私も参列して、アナタがどれだけ真面目《まじめ》なメイドだったか聞かせてあげる」

既に、自分の死後を考えているらしい。

それを思うと、グレーテは首を横に振《ふ》っていた。見当違いも甚《はなは》だしい。

「……死んでも、わたくしは愛されませんよ」

唇が自然に動く。

「……ボスは自分に特別な感情を持っていない。とっくに知っています」

「本当に可哀想《かわいそう》な子ね」

憐憫《れんびん》がこもった声で、オリヴィアが告げてくる。

グレーテは首を横に振る。

違う。彼は約束をしてくれた。生きて戻ってきたら抱《だ》きしめてくれる、と。

「だから……わたくしは、死ぬ訳にはいかないんです……」

死んだら何も得られない。

救いはない。希望はない。ハッピーエンドも、楽園も存在しない。

辿《たど》り着くのだ。

どれだけ過酷《かこく》な任務だろうと、逃げ切れない運命だろうと生き延びる。

——愛してもらうまで生きるのだ。

「……ボスに抱き留めてもらうために、生きなければならないんです」

「でも残念。アナタはここで命を落とすの。どう足掻《あが》いても、私には勝てないっ！」

オリヴィアが背中を銃口で押した。

身体が前方によろめく。

「さあ――早くここから飛び降りなさいっ！」

浮遊《ふゆう》感を味わう。身体が地面に吸い込まれていく。

その直後――グレーテは耳にした。


――発砲音《はっぽう》。


即座《そくざ》に身体を反転させる。

銃弾が肩《かた》を掠《かす》めた。

服が千切れて散っていく。

「えっ……」オリヴィアが間の抜《ぬ》けた声をあげた。

オリヴィアの鎖骨《さこつ》に、弾丸が突き刺さっていた。

彼女の肢体《したい》は、後方にふっ飛ばされていく。

グレーテは落下する寸前で、腕を伸ばすと屋根のへりに摑まった。転落死するギリギリだった。身の安全が確保できる場所まで戻《もど》ると、敵の姿を確認《かくにん》する。

弾《たま》は骨を砕《くだ》き、肺や喉《のど》を圧迫《あっぱく》したのだろう。オリヴィアは口から血を流して、屋根に横たわっている。血に染まった腕で胸を必死に押さえているが、傷口から流れ出る血は止まらない。

状況《じょうきょう》を覆《くつがえ》す一撃だった。

「な、んで……？」

彼女は、うつ伏《ぶ》せの体勢で呟《つぶや》いた。

——私は殺気を察知できるのに。

そう言いたいのだろう。

クラウスと対峙《たいじ》して散々学んだことだ。一流のスパイに奇襲《きしゅう》は通じない。殺意も、悪意も、敵意も、そして、善意でさえも敏感《びんかん》に感じ取る。

しかし、やりようなどいくらでもある。

「……想定通りです」

グレーテは彼女を見下ろした。

「……拍子抜けしたのは、わたくしの方ですよ。他《ほか》にも対策は練っていましたが、まさかターゲットを転落死させる——屍が多用する手法をそのまま取るなんて」

ああそうか、と相手の嫌《いや》みったらしい口調を真似《まね》た。

「——っ」アナタは教わったことしかできないのですね」

「……っ」オリヴィアが血を吐いた。「なんで、殺気がなかった——」

「……すぐ分かります」

ちょうどその言葉を吐いた時、庭から雄叫《おたけ》びが聞こえてきた。

「また逃げよったかあああぁあぁ、暗殺者風情《ふぜい》があぁあっ！」

ウーヴェの罵声《ばせい》だ。

悲願が叶《かな》わずに憤《いきどお》っているらしい。

オリヴィアは慌《あわ》てて顔を上げた。そして、愕然《がくぜん》と目を丸くする。

「殺気がないのは当然です……あの銃弾《じゅうだん》は、わたくしを狙《ねら》ったものですから……」

グレーテはそっと囁《ささや》いた。

「コードネーム『愛娘《まなむすめ》』――笑い嘆《なげ》く時間にしましょう」

――痣《あざ》。

グレーテは、オリヴィアの瞳《ひとみ》を鏡のようにして、自分の姿を確認する。

それが自身の顔を覆《おお》うように付いていた。禍々《まがまが》しいまでの赤黒いそれは、見る者に嫌悪《けんお》感を抱《いだ》かせ、不快感を与《あた》えていく。悪魔《あくま》のような恐《おそ》ろしい見た目だ。

オリヴィアが呆然《ぼうぜん》と呻《うめ》いている。「変装……っ？」

その瞳には、忌避《きひ》の感情が滲《にじ》んでいる。痣を眼前で見て、たじろいでいるらしい。

それでいい。

一度見た者が二度と忘れないような負の感情を与える――そのための痣なのだから。

ウーヴェもすぐに記憶《きおく》できただろう。

「二度もわたくしが暗殺者として、ウーヴェさんの前に出た理由は、アナタを炙《あぶ》りだすためだけではありません……躊躇《ちゆうちよ》なく、わたくしを発砲してもらうためです……」

彼が精密な射撃《しやげき》ができることは、一度目と二度目の襲撃《しゆうげき》時に確認した。

一度目の襲撃時は夜盲症《やもうしよう》を患《わずら》っていたため不完全だったが、ジビアの働きにより改善の一途《いっと》を辿ってくれた。二度目の襲撃時には、それを確信した。

後は、ウーヴェを誘導《ゆうどう》するだけだ。彼は痣を持つグレーテを見て、反射的に射撃する。

グレーテが回避《かいひ》すれば、銃弾は後方に立つオリヴィアに直撃する。

（……悪意のない毒針、を改良したものですね）

クラウス相手に失敗した計画を修正した。

──人払《ひとばら》いをせず、そこにいる人間さえも利用する。

──悪意どころか、善意一つさえ感じさせない。

そして作り上げた。


──悪意も善意も殺意もない、完璧《かんぺき》な弾丸。


「ありえ、ないわ……」

オリヴィアは、まだ現実を呑《の》み込めていないらしい。

「……なにがでしょう？」

「変装が、速すぎるのよ！　アンタは両手を上げていた！　何もできなかったはずっ！

私はマスクをつける隙《すき》なんて与えていないわっ！」

変装はどんなに速くとも十秒はかかる、と彼女は口にした。

その凝《こ》り固まった常識から逃《のが》れられなかったらしい。

唾《つば》を飛ばしながら喚《わめ》く。それで、目の前の光景が消えてくれるとでも言うように——。

「どうして、わたくしが変装をした、と……？」

グレーテは穏《おだ》やかな声で尋《たず》ねた。

オリヴィアが口を開けたままの表情で固まる。

その表情を見て、彼女の勘違《かんちが》いを確信した。グレーテが暗殺者に化け、時にはクラウスに化けていることを見破り、慢心《まんしん》していたのだろう。

オリヴィアは無意識に信じ込んでしまった。

普段のグレーテは何も変装をしていない状態だ——と。

そう誘導されていたとも知らずに。

「……わたくしは、変装をしていません。その逆。変装を解いたんですよ」

「解いた？」

「マスクを剝《は》ぐだけなら一瞬《いっしゅん》でできるでしょう……？」

唇《くちびる》を嚙《か》むようにして、歯で千切ればいい。それで手を使わずに行える。

オリヴィアは目を剝《む》いた。彼女も真実に気が付いたらしい。

——不気味に顔を覆う痣。

オリヴィアはそれを見た瞬間に「気持ち悪い」と呟き、ウーヴェは「醜悪《しゅうあく》」とさえ罵《のの》った。ジビアやリリィもまた顔を引きつらせ、怯《おび》える表情を見せた。

誰《だれ》からも忌《い》み嫌《きら》われる。

見た者に深い嫌悪感を抱かせ、記憶に深く刻み込む。

その痣が張り付いた顔を指差して、グレーテは笑い、そして、嘆きながら口にした。

「――わたくしの素顔です」

生まれた時からの痣だ。

成長するにつれて、まるで呪《のろ》いのように濃《こ》く広がり、顔を覆っていった。

自分が社交界に馴染《なじ》めなかった理由は、男性恐怖症《きょうふしょう》ではなく――この痣。

女性に美貌《びぼう》が求められる政界で、自分に居場所などなかった。

父は、無垢《むく》な笑顔《えがお》一つ作れない自分を詰《なじ》った。『気味悪い娘』とさえ悪態をついた。病気をでっちあげ、社交界の場にも連れて行かず、屋内に軟禁《なんきん》した。兄は罵声を浴びせた。

グレーテは男性に怯えるようになった。

気づけば、存在を抹消《まっしょう》するように、スパイ養成学校に入れられた。

――誰も自分を愛してくれなかった。


オリヴィアは、しばらく動かなかった。

グレーテの顔を見続け、時が止まったように目を開け続けた。深く抉《えぐ》られた傷が痛むはずだろうが、それさえ気にかけない。

庭からは、まだウーヴェの怒声《どせい》が聞こえてくる。

そんな怒声を背景音にして、グレーテとオリヴィアは睨《にら》み合う。

そして、突如《とつじょ》オリヴィアが壊《こわ》れたように口元を歪《ゆが》めた。

「アハッ！」

そんな奇妙《きみよう》な声が漏《も》れ、

「アハハハハハアハハハハハッハアハハハハハハアハハハハハハハッ！」

と高笑いをした。

傷口が開くのも、お構いなしらしい。腹を押さえて、彼女は笑い転げた。

「……なんでしょう？」

さすがに不愉快《ふゆかい》になって、グレーテは尋ねた。

「いや、すっごく納得《なっとく》した」オリヴィアは目じりの涙《なみだ》を拭《ぬぐ》って口にした。「アンタが重たい理由、ようやくピンときた」

「…………」

「そりゃ愛されないわ。アンタ」

吐《は》き捨てると、オリヴィアはゆっくりと立ち上がった。

「——だからね、勝つのは私なのよ」

彼女は傷口に指を突《つ》っ込《こ》むと、苦悶《くもん》の表情を浮《う》かべて銃弾を取り出した。ナイフでメイド服を裂《さ》き、布を手に入れると、すぐに傷口を縛《しば》り上げる。

「……その重傷でまだ闘う気ですか？」

「は？　嫌になるわ。その発想が憐《あわ》れね」

掌《てのひら》を上に向け、オリヴィアは笑った。

「私の過《あやま》ちは一つ。自分でトラブルを解決しようとしたこと——愛されている女はね、無理しなくても男が守ってくれるのよ」

彼女の手にあったのは、翡《ひ》翠《すい》色のブローチ。

彼女はそれを指で押し潰《つぶ》す。中には、丸い機械があった。緑色の光が点滅《てんめつ》している。

「……発信機っ」

「よかったわ。ローランド、すぐそこまで来てくれたみたい。嬉《うれ》しいっ」

発信機を観察すれば、その点滅の速度が次第《しだい》に速くなっていった。点滅の間隔が、屍との距離《きょり》を示しているのだろう。

「五日前『燎火』が現れた瞬間、私はローランドに助けを求めたのよ。アナタの変装だったとはいえ、結果的に良かったわ」

「――！」

息を呑《の》む。

クラウスの変装は、相手の動きを制限する手段だった。それが今、裏目に出た。

グレーテは拳銃《けんじゅう》を取り出したが、敵の余裕《よゆう》は崩《くず》せなかった。

「あら、私にトドメを刺《さ》す？　いいわよ？　そうすれば、アナタは怒《いか》り狂《くる》ったローランドに八《や》つ裂《ざ》きにされる。いや、アナタだけじゃない。この屋敷《やしき》の人間も、街に暮らす人間も、老若男女問わず殺戮《さつりく》してくれる！　彼は！　私を、愛しているからっ！」

発信機の点滅が速くなる。

己《おのれ》の失策に、胃が締《し》め付けられる感覚を味わう。

視界が暗くなっていき、意識が朦朧《もうろう》としてくる。

屍の対処はクラウスが行うはずだが、自分のせいで支障が出ただろう。突然《とつぜん》移動を始めた屍を捕捉できるとは思えない。
最強の暗殺者が、ここにやってくる――。
「……関係ありませんっ」
崩れそうになる心を支えたのは、ただの意地だった。
祈《いの》りのように「想定通り……全部、想定通り……」と呻いた。
いつの間にか口癖《くちぐせ》になっていた言葉。
――顔を偽ることしかできない自分は、スパイの世界でしか生きられない。
だから、誰よりも賢《かしこ》くあらねばならない。
どんな事態であろうと泰然《たいぜん》としていなくてはならない。
そうでなければ、誰が自分なんかを愛してくれる――？
やがて発信機の光が消えることなく、強く輝《かがや》いた時、オリヴィアは叫《さけ》んだ。
「今度こそ死になさいっ！　誰にも愛されない、醜《みにく》い顔のままで逝《ゆ》けっ！」
何かが空中から飛来してきた。
オリヴィアが満面の笑みを見せ――
「え……？」
すぐにその顔は凍《こお》り付く。

――スーツケース。

グレーテとオリヴィアの間に出現したのは、黒色の巨大《きょだい》な直方体だった。
なぜか頭上から飛んできた。
これがオリヴィアの策なのだろうか。
そう視線を向けるが、彼女もまた呆然《ぼうぜん》と立ち尽《つ》くしている。
謎《なぞ》だ。
一体誰が、どこから、なんのために、ここにスーツケースを出現させたのか。
しかし、このスーツケースには見覚えが――。

「憐れな奴《やつ》だな」

振《ふ》り返る。
誰もいなかったはずの空間に、一人の男が立っていた。彼がスーツケースを投げ込んだらしい。細身の体格に似合わず、剛腕《ごうわん》だ。

「まったく理解できない。彼女の顔を見て、何も感じ取れない奴がいるなんて」

その男はマイペースに語り続ける。

「僕は今でも忘れないよ。脱衣所《だつい》で見た光景を」

脱衣所。その言葉で、グレーテもまた思い出す。

——人生で最も幸福に包まれた日。

常時変装しているグレーテは、洗顔に気を遣《つか》う。マスクをつけたまま入浴し、自室でこっそり素顔《すがお》を拭《ふ》く。しかし、時にはマスクを外して、しっかりお湯を浴びたい。

その日は油断していた。

少女が利用する大浴場を避《さ》け、浴室を利用したが、他人と鉢合《はちあ》わせをしてしまった。

「僕は、彼女の素顔を見た瞬間に理解したよ。その少女が愛を勝ちとるために、どれだけの技術を身に付けたか。どれだけ自らを鍛《きた》え続けたか。輝くばかりの、極上《ごくじょう》の心の在り方を感じさせる、その顔に惚《ほ》れ惚《ぼ》れした」

彼は踏《ふ》みしめるように歩みを進め、グレーテのそばまで歩み寄った。

「だから、僕は思わず呟《つぶや》いたんだ」

クラウスは告げる。

「――美しいな、と」

グレーテは、その横顔を唖然《あぜん》と眺《なが》めていた。

本物のクラウスだ。

変装でも、妄想《もうそう》でもなく、紛《まぎ》れもない自分の想《おも》い人が横にいた。

この世界でただ一人、自分の素顔を褒めてくれた人――。

オリヴィアもまたすぐに悟《さと》ったらしい。彼こそが真に恐《おそ》れるべき存在であると。

「ローランドはっ？」半狂乱《はんきょうらん》になって叫んだ。「ローランド、どこっ！　どこに――」

「そんなに慌《あわ》てる必要はない。目の前にいるだろう？」

クラウスは淡々《たんたん》と答えた。

彼が示した指の先――そこにあるのはスーツケースだった。

「多少、四角くなっているがな」

改めてグレーテはそれを確認《かくにん》する。

高さ一メートル以上で、横幅《よこはば》も八十センチ。

押し込めば、成人男性でも詰《つ》められるだろうか。

「オリ……ヴィア……？」男性の呻《うめ》く声が漏れてくる。

生け捕《ど》りにしたらしい。

任務は暗殺のはずだが、それより難しいことを成し遂《と》げている。

「どうして……？」オリヴィアが呟いた。「互角《ごかく》だって言ってたじゃない……」

「互角？」

クラウスが首を傾《かし》げた。

「そうだ、尋《たず》ねたい。その男、僕と会った時に『ライバル』だとか『運命の相手』だとか『長い付き合いになる』だとか意味不明な発言をしたんだが……アレはなんなんだ？」

「なにって……」

「弱すぎる」

にべもなくクラウスは吐き捨てる。

スーツケースに収納された男――屍――はオリヴィアやグレーテより遥《はる》かに強い男なのだろうが、クラウスの敵にはならなかったようだ。

「民間人を人質《ひとじち》に取り、躊躇《ちゅうちょ》なく殺す男だからな。リスクに備えて、優秀《ゆうしゅう》な人員が必要ではあったが、それだけだ。世界最強の僕と並ぶレベルではない」

オリヴィアは力なく首を横に振る。

それから緩慢《かんまん》な動きでスーツケースに近寄っていった。

「嘘《うそ》よ……」

掠《かす》れた声だった。

「ね？　こんなの嘘よね？　なにか言ってよ、ローランド……」

「オリ、ヴィア……」覇気《はき》のない声がスーツケースから届く。「たす……けて……」

「――――」

オリヴィアは言葉にならない声をあげて、膝《ひざ》から頽《くずお》れた。顔を真っ青にさせて、涙を流し、がたがたと身体《からだ》を震《ふる》わせた。アンモニアの匂《にお》いが漂《ただよ》い始める。

彼女はスーツケースを叩《たた》いた。鍵《かぎ》を壊《こわ》すためか、中にいる人間を詰《なじ》っているのかは分からない。しかし、外からの衝撃《しょうげき》では開かないことは明らかだった。

「グレーテ」クラウスが言った。

「……はい、準備しております……ボスとお揃《そろ》いのものを……」

屋根の隅《すみ》に隠《かく》してあった、スーツケースを差し出した。

クラウスは眉《まゆ》をひそめる。

「今回はお前の手柄《てがら》だ。最後までお前がやったらどうだ？」

「……勇敢《ゆうかん》なボスを見たいです」

これくらいは甘えたい。

さっきから腰《こし》が砕《くだ》けそうだ。身体から湧《わ》き上がる熱によって。

クラウスは軽く頷《うなず》くと「僕をボスと呼ぶな」と呟き、赤いスーツケースを握《にぎ》りしめた。冷ややかな瞳《ひとみ》でオリヴィアに近づいていく。

「お前たちは、人を殺しすぎた」罪状を読み上げるように宣告する。「それが影《かげ》の戦争とはいえ、お前たちの行為《こうい》は許されるものではない。覚悟《かくご》はできているな？」

オリヴィアは首を横に振る。

「そんなの、教わってない……」

彼女はスーツケースに拳《こぶし》を叩きつけ、恨《うら》み言をぶつけた。

「ローランドが教えてくれなかった……私を愛してくれたのに……」

「そうか。お前が負けた理由がよく分かったよ」

クラウスはスーツケースを持ち上げた。

「お前では、僕たちの敵にさえなれないよ」

彼がその巨大な直方体をスイングすると、スーツケースは口を開けたクジラのように獲《え》物《もの》を丸のみした。最後オリヴィアの悲鳴が聞こえてきたが、すぐにスーツケースは閉じられて、彼女の声もまたかき消される。

屋根には、黒と赤の、二つのお揃いのスーツケースが残された。

それは暗殺者たちの終焉《しゅうえん》に相応《ふさわ》しく、あまりに静かな結末だった。

エピローグ　愛娘《まなむすめ》

今回の任務を知らされた時、クラウスはその難易度に顔をしかめた。

――暗殺者の確保。それと同時に、その協力者も確保すること。

それが、言い渡《わた》された条件だった。

――各々《おのおの》能力が高いだろう。片方だけ先に捕《と》らえると、相方は姿を晦《くら》ます危険がある。

なるほど、難易度だけなら前回を上回る。

単独では、二人を同時に捕縛《ほばく》することは難しい。

クラウスが屍《しかばね》を捕縛している間、別の人間が協力者を押さえておく必要がある。

（……自分が屍を押さえている間、少女八人で協力者を押さえる……いや、リスクを考えれば、さすがに屍には人員を割《さ》かねばならないが………）

激しく迷った。ボスとしての判断、スパイとしての判断で板挟《いたばさ》みとなった。

そんな中、助け舟《ぶね》をだしてくれたのがグレーテだった。

『……わたくしがボスの負担を引き受けます』

懸《か》けようと考えた。自分は不在。優秀なメンバーも屍対策に連れて行かねばならない。

その中で、自ら指揮を執《と》り、立案し、対処してみせると宣言した少女に。

そして、見事に彼女はその難題を成し遂げた。

二つの条件の同時攻略《こうりゃく》――それが今回の全容である。

◇◇◇

書斎《しょさい》で、ウーヴェはオリヴィアと向き合っていた。

数年にわたって、メイド長として従ってくれた相手。あまり深い付き合いはしておらず、ワガママをぶつけることも多かった。今となっては悔《く》いが残る。

まさか自分の寿命《じゅみょう》よりも早く、別れの日が来ようとは。

「退職の意志は変わらんのだな?」

告げられる言葉は覚悟していたが、やはり虚《むな》しさを感じる。

「ごめんなさい、ウーヴェさん。やっぱり恐怖《きょうふ》の方が勝っちゃって」

申し訳なさそうに、私服姿の彼女が頭を下げた。

「暗殺者なら、儂《わし》の銃《じゅう》で追い払《はら》ってやったじゃろ」

「結局、遺体は見つかっていませんわ。私は、知り合いの許《もと》でのんびり暮らします。ウーヴェさんも命だけは大切にしてくださいね」

ウーヴェはかぶりを振《ふ》った。

彼女を引き留めるのは無理だろう。相手は、まだ若い女性だ。殺し屋に襲《おそ》われたにも拘《かかわ》らず、いつまでも仕えろとは言えない。

せめて年長者として餞《はなむけ》の言葉をかけてやろう。その思いで一つ質問を投げかけた。

「向かう先は、男か？」

オリヴィアは目を丸くする。

「あれ。私、ウーヴェさんに恋人《こいびと》のことなんて話しましたっけ？」

「バカにするなっ！　それくらい勘《かん》で分かるわいっ！」

「……さすが、ウーヴェさんですね」

「うむ。だから、これは年寄りの忠言じゃが……」

声を潜《ひそ》めて告げた。余計なお世話と知りながら。

「オリヴィア、儂はずっとその男から邪気《じゃき》を感じておるよ。休暇《きゅうか》から戻《もど》った貴様が纏《まと》うのは、いつも怪《あや》しく濁《にご》った臭《にお》いじゃった」

「儂には、貴様が愛されているようには到底《とうてい》思えん。薄《うす》っぺらい愛の言葉を何万と並べて、利用するだけ利用して、いつか切り捨てる。そんな風に思えてならんよ」

オリヴィアは小さく口を開けて、固まった。

別れ際《ぎわ》に思わぬ言葉を浴びせられて、唖然《あぜん》としたようだ。水を差すのは理解していても、義理堅《ぎりがた》く勤めてくれたメイドには告げねばならない。

ウーヴェは柄《がら》にもなく温かな声で告げた。

「オリヴィア、たった一言を信じなさい。『何か言葉をかけろ』そうねだり、相手が発した一言で想《おも》いを見抜《みぬ》くといい。それだけ伝えておくよ」

オリヴィアは口をもごもごと動かした。

煩《わずら》わしそうに聞き流されると思っていたが、違《ちが》うようだ。心当たりでもあるのか。

しかし、彼女が何を考えているかなどウーヴェには分からない。

「…………」

オリヴィアはどこか冗談《じょうだん》めいた微笑《ほほえ》みを見せた。

「…………だとしたら」

「私が『何か言ってよ』とお願いした時、相手が吐《は》いた言葉が『助けて』だったら？」

ウーヴェは快活に笑った。

「そんなもんっ！　相手する価値もない、無駄《むだ》な男に決まっているじゃろうっ！」

ひとしきり笑った後で、少なからぬ餞別《せんべつ》を渡し、ウーヴェはオリヴィアを見送った。

◇◇◇

「ふぅ……」

ウーヴェの屋敷《やしき》から出たオリヴィア――のマスクを被《かぶ》ったグレーテは息をついた。

苦手な男性相手だったが、なんとか騙《だま》し抜《ぬ》くことができた。

ウーヴェには真実を知らせたかったが、そうなれば、グレーテたちの素性《すじよう》も明かさなくてはならない。彼は、少女たちの顔を記憶《きおく》している。スパイの情報流出を避《さ》けるためには、何も告げない方が良いだろう。

「………………」

グレーテはふと道端《みちばた》にある水たまりを覗《のぞ》き込んだ。

水面に反射して、オリヴィアの顔を映し出している。彼女のマスクは急いで作り上げたが、完璧《かんぺき》な出来だった。

演技は成功した。なのに、心が晴れないのはウーヴェが残した忠言のせいか。

──屍はオリヴィアを愛していなかった。

そんな可能性を、グレーテは思いもしなかった。

自信に満ちたオリヴィアの態度から信じ切っていた。しかし、屍に「助けて」と告げられた瞬間《しゅんかん》、彼女は何を感じ取っただろう？

「……もしかしたら、わたくしたちは似た者同士だったのかもしれませんね」

グレーテは水たまりに映る顔を見つめ、静かに告げた。

「さようなら……オリヴィアさん……」

彼女のマスクを剝《は》ぎ取り、カバンに押し込んだ。服もまた脱《ぬ》ぎ捨てる。

これでオリヴィアの存在は、闇《やみ》に葬《ほうむ》り去られる。

彼女の身柄《みがら》は、屍と共に別チームに引き渡された。尋問《じんもん》の後、彼女たちがどのような末路を辿《たど》るのかは分からない。

しかし、今回はそもそも「暗殺」任務だったとグレーテは聞いていた。

◇◇◇

少女たちは結局、雇用《こよう》期間の満了《まんりょう》まで勤め上げた。

忠実なメイドを装《よそお》い続け、オリヴィアの素性や他《ほか》に協力者がいなかったか調べ上げた。

どうやらオリヴィアは、ウーヴェの情報や資産を盗《ぬす》み続け、暗殺者を支援《しえん》していたこと、
それに勘付いたメイドを時に暗殺してきたことが判明した。

ジビアがそれとなくウーヴェに、しっかりしたメイドを雇《やと》うよう誘導《ゆうどう》した。

最後に、少女たちの代わりに雇用されたメイドの素性調査を終えた。

どこか名残惜《なごりお》しそうにしていたのは、ジビアだった。

ウーヴェも彼女には去ってほしくなさそうだった。

「貴様らのおかげですこぶる身体《からだ》の調子が良くてな」彼はそう言い残した。「一本、法律を議会に通せるかもしれん。ジビア、児童福祉《ふくし》を改善する法案じゃ」

ジビアはどこか感慨深《かんがいぶか》そうに頷《うなず》いた。

「さすがだな。また遊びに来るから長生きしろよっ」

「貴様に言われんでも、そうするわっ！」

言葉をぶつけ合って、少女たちはウーヴェの屋敷を後にした。

駅で少女たちを出迎《でむか》えたのは、サラとクラウス、そして、思わぬサプライズだった。

「『バーナードっ！』」

ジビアとリリィが興奮気味に鳥籠《とりかご》に飛びついた。

鳥籠には、キリリとした瞳《ひとみ》の鷹《たか》が止まっていた。今回の任務の功労者。少女たちのヒーローでもある。

グレーテがほっとしたように息をついた。

「……生きていらしたんですね」

「しばらく飛ぶのは無理っすけどね。命に別状はないっすよ」

鷹の両翼《よく》には、包帯が何重にも巻かれている。重傷には違いないが、サラの懸命《けんめい》な手当ての甲斐《かい》あって生きてくれた。

勇敢《ゆうかん》で賢《かしこ》いこの鷹は、もはや『灯《ともしび》』の掛《か》け替《が》えのない仲間だった。

ジビアとリリィはしばらくバーナードと戯《たわむ》れていたが、隣《となり》で暇《ひま》を持て余《あま》している男性にも視線を向けた。

「先生。久しぶり、な気もしないですが、久しぶりですね」

リリィの言葉に、クラウスは頷いた。

「正しいさ。僕はずっと別の街にいたからな」

「ちなみに、他のメンバーは？」

「屍の後始末を済ませたあと、ゆっくり観光して帰宅するはずだ」

ここにはいない少女たちも、きっと過酷《かこく》な任務だっただろう。クラウスがいたとはいえ、一流の暗殺者が相手だったのだ。

ジビアが指をぱちんと鳴らした。

「じゃあ、あたしらも羽を伸《の》ばして帰ろうぜ」

「そうですね、メイドのお給料も入ってますもん！」

少女たちは観光名所や、今すぐ食べたいものの話題で盛り上がった。一か月間ずっと働きっぱなしで、与《あた》えられた休日もスパイ活動に充《あ》てた。溜《た》まりに溜まった欲望《よくぼう》を発散させなければ気が済まない。サラが用意してきたガイドブックを見て、わいわい盛り上がる。

意見がまとまると、ジビアはクラウスに声をかけた。

「なぁ、アンタも今日くらい空いているだろ？　車でも出してくれよ」

「……そうだな、ではこの辺で借りてこよう」

彼も部下を労《ねぎら》ってくれるらしい。

「わくわくしてきました」楽しげにリリィが声をあげた。「五人一緒《いっしょ》にドライブです！」

◇◇◇

クラウスが車を借りて戻ると、そこにいたのはグレーテ一人だけだった。

「…………」

リリィ、ジビア、サラの姿がない。

荷物も全《すべ》て消えている。

「一応尋《たず》ねておくが、他の奴《やつ》らは？」

「……それはもう勢いよく、汽車に飛び乗っていきました……」

「あの女は嘘《うそ》ばかりだな」

クラウスは息をついた。

ここらで一度、どんな気持ちで『五人一緒にドライブ』という言葉を吐いたか、リリィに尋ねてみたいところだ。

——予想はついていたが。

気を利《き》かせたのだろう。グレーテに。

あるいは、自分にだろうか。

「せっかく車を借りたんだ。お前さえ良ければ、僕と二人でドライブでもどうだ？」

「……はい、喜んで」

クラウスはグレーテを助手席に乗せると、海岸沿いに車を走らせた。天候には恵《めぐ》まれている。真っ青な海を眺《なが》めるだけでも心地《ここち》が好《よ》い。

グレーテは緊張《きんちょう》しているようだ。ぐっと黙《だま》っている。

二人きりになれば、またアプローチしてくるだろうかと思っていたが、そんなことはないらしい。一月ぶりだからだろう。拳《こぶし》を握《にぎ》りしめて、固まっている。

「グレーテ」

クラウスから口火を切ることにした。

「この一か月間、僕はずっとお前のことを考えていた。ボスとして、世界最強のスパイとして、そして、一人の男として、どうお前の愛情と向き合えばいいんだろう、と」

それは、未経験の難題だった。

人生で恋愛《れんあい》感情を向けられたことは幾度《いくど》かある。多くは、スパイの任務中。恋愛感情はターゲットを意のままに操《あやつ》れる便利な情動。そう割り切り、利用するだけ利用した。

しかし、彼女の恋心《こいごころ》だけは、そんな雑な扱《あつか》いはできない。

「結論は出ましたか……？」不安げにグレーテが尋ねてくる。

「あぁ」

クラウスは道路の脇で車を止めた。

「理想も責任も建前も捨て、一人の男として本心を打ち明ける――それが僕の決断だ」

運転席から降りると、グレーテもそれに続くように降りてくれた。

見晴らしのいい崖《がけ》の上に立ち、正面から彼女と向き合った。

もう彼女は答えから逃《に》げなかった。唇《くちびる》を結んで、クラウスを見つめ返している。

風が吹《ふ》いて、グレーテの髪《かみ》を揺《ゆ》らす。

その風が止《や》むのを待って、クラウスは告げた。

「グレーテ、率直《そっちょく》に言う。僕はお前に恋愛感情を抱《いだ》けない。想《おも》いには応《こた》えられない」

「……はい」

「だが、誤解してほしくないんだが、僕はそもそも誰《だれ》に対しても恋愛感情を抱いたことがないんだ。恋人《こいびと》になれないのは、お前に魅力《みりょく》がないからではなく、僕自身に原因がある。そもそも僕は性愛を欲《ほっ》していない。俗《ぞく》っぽい表現を選べば、僕は性欲が薄《うす》い」

クラウスは言った。

「僕が欲するのは家族愛だ――過酷な任務と平穏《へいおん》な日常を通して、生まれる絆《きずな》だ」

絶望と孤独《こどく》から、救いあげ、受け入れてくれた仲間たち。

その温かみが頭から離《はな》れない。

「グレーテ、だから僕はお前の性愛に応えられない。女性として愛せない以上、お前が他の男性に心移りしても、僕に口を挟《はさ》む権利はない」

「…………」

「しかし、お前が僕のそばにいてくれるのなら、僕は家族として——お前を愛したい」

風がまた強く吹いた。

グレーテの髪がたなびき、彼女の表情を一瞬覆《おお》い隠《かく》す。風が止み、再び彼女の顔が現れた時、その顔は涙《なみだ》で濡《ぬ》れていた。

「……お願いが、あります」

とても小さく、か細い声だ。

グレーテは自分の顔に触《ふ》れ、そっと顔に張り付くマスクを剝ぎ取った。

大きな痣《あざ》と共に、真っ赤に染め上がった彼女の顔が現れる。

「一言、言葉をください……今の自分に、アナタの口から……」

「お前に捧《ささ》げる言葉は決まっているよ」

クラウスはその痣に手を伸ばし、触れて、優《やさ》しく撫《な》でた。

「――グレーテ、お前は美しい」

何かが弾《はじ》けるように、彼女の表情が歪《ゆが》んだ。

最初は喉《のど》が詰《つ》まったような、小さな呻《うめ》き声だった。嗚咽《おえつ》を耐《た》えるように唇を結び、口元を両手で押さえる。しかし、やがて目から涙が溢《あふ》れ出ると、堪《こら》えきれないような声が聞こえてきた。その涙が地面に落ちると共に、グレーテはクラウスの胸に飛び込んできて泣き出した。普段《ふだん》の彼女からは考えられないような、子供のような大声をあげて。

クラウスは彼女の背中に腕《うで》を回し、優しく抱《だ》きしめた。

彼女のコードネームは『愛娘』。

最初は皮肉と感じた名前。

しかし今は、これほど相応しい名はない、とクラウスは確信する。

NEXT MISSION

クラウスたちが陽炎《かげろう》パレスに戻《もど》ったのは深夜となった。

ほぼ丸一日グレーテとのデートに費《つい》やした。終始彼女はクラウスのそばから離れなかった。観光名所を巡《めぐ》り、帰りの汽車内でディナーを摂《と》って、雑談を交《か》わし合った。

どこからが家族愛で、どこまでが性愛なのか。

チームのボスとして正しいのか。都合のいい言葉で誤魔化《ごまか》しているだけではないか。

多くの疑問が脳裏《のうり》に湧《わ》き起こるが、無視することにした。

この世に正しい選択肢《せんたくし》などない。あるのは、選択を正しくする行動だけだ。

「恥《は》ずかしい告白をすると……」途中《とちゆう》グレーテがこんなことを口にした。「……遅《おそ》かれ早かれ、チーム全員がボスに恋愛感情を抱くと思っておりました……」

「やめろ。考えたくもない」

「いずれボスを取り合い、内部崩壊《ほうかい》する、と」

想定しうる最悪の結末だった。

恋愛でギスギスしたチームなど地獄《じごく》だ。考えたくもない。

「ですが、ボスに変装している間、仲間からボスとの恋愛を応援《おうえん》されました……」

「そうか」

クラウスは頷《うなず》いた。彼女たちらしい行動だな、と思った。

「良いチームですね、『灯《ともしび》』は……」グレーテがはにかんだ。

ついでに、チームの今後も語り合った。今まで自分一人だけで考え込んでいたが、誰かと語り合うのも悪くなかった。

たまにはゆっくり過ごすのも悪くない。


――この世界は、自分たちに安らぎを与える気はないのだから。


クラウスが玄関《げんかん》に辿《たど》り着くと、そこには切羽詰まった顔をしたリリィがいた。自分を見るなり、駆《か》け寄ってくる。

「どうした？　顔色が悪いな」

何か異常を見つけたらしい。

アレのことだろうなと予想したが、様子が違《ちが》った。

「あ、あの！　ティアちゃんたちは、任務の後始末をしているだけなんですよね？」

「そのはずだが？」

彼女たちに任せたのは『屍《しかばね》』の痕跡《こんせき》を調べて、見落としがないか調べ上げること。それも大半はクラウスが済ませており、大した発見はできないだろうと直感があった。

「まだ帰ってきません……」

クラウスは、四人のメンバーを思い出す。

優艶《ゆうえん》な黒髪《くろかみ》の少女ティア、不遜《ふそん》な蒼銀髪《あおぎんぱつ》の少女モニカ、純真な灰桃髪《はいももがみ》の少女アネット、淡然な金髪の少女エルナ。

粒《つぶ》ぞろいの四人だ。連絡《れんらく》もなく遅《おく》れるとは思えないが――。

「エルナがいるからな。ただの交通不良ならばいいんだが……」

嫌《いや》な予感がする。こういう時の予感は、なぜか嫌なほど当たってしまう。

「もう夜だ。明日の昼まで待とう」

「もし待っても帰ってこなかったら？」

「捜《さが》す――緊急《きんきゅう》任務だ。各自準備をしろ」

冷静な判断を告げるが、心の内では明日は帰ってこないだろうと半ば確信していた。

そして、その予感は的中する。

四人の少女は、行方不明となった。

◇◇◇

黒髪の少女——ティアは深夜にそっと、ベッドから離れた。

ホテルの一室だ。金銭に余裕《よゆう》がないから、四人で一室を借りた。ベッドは二つしかないので、二人でシングルベッドを使うことになる。窮屈《きゅうくつ》で、うまく眠《ねむ》れなかった。

部屋に置かれた姿見を見れば、美しい自分の姿があった。

凹凸《おうとつ》がハッキリした身体《からだ》のライン、艶《つや》やかに伸《の》びる黒髪。唇はふっくらと艶っぽく、舌で舐《な》めると優艶に光り輝《かがや》いた。バッチリだ。抜《ぬ》かりはない。

（でも……）

ティアは息をつく。

（問題は、今の状況《じようきよう》が肉体一つで解決しないことなのだけれど……）

さて、どうしたものか。

「キミも起きたんだ」

声がした。窓の方向からだ。

蒼銀髪の少女が、不遜な笑《え》みを浮《う》かべて窓枠《まどわく》に腰《こし》かけている。

中性的で、中肉中背、髪型《かみがた》は個性的であるが、これ、と的確に表す言葉が見つからない。クラウスやギードを代表する一流のスパイと同じ。どんなに見ても掴《つか》みどころがない超然《ちょうぜん》とした外見だ。

蒼銀髪の少女――モニカ。

外出していたらしい。任務用の服を纏《まと》っている。開け放った窓から上がり込んだのか。

「アネットとエルナは寝《ね》た？」

「ええ。子守唄なんて歌ったの、いつぶりかしら……うん、一か月ぶりね」

「最近じゃん」

「グレーテに教えたのよ。ふふっ、私が与《あた》えたテクニックをしっかり用いていれば、今頃《いまごろ》ベッドで先生を胸に抱きながら、聞かせているはずよ」

「ボクは逆効果だと思うけどね、キミの助言」

失礼なことを言って、モニカは窓枠から飛び降りた。

「で、どうすんの？」そう睨《にら》んでくる。

「なんのこと？」

「決まってんじゃん。時間はないよ。早く決断して？」

誤魔化さなければ。そんな言葉を紡《つむ》ごうとした時、モニカが動いていた。

彼女の手には拳銃《けんじゅう》が握《にぎ》られていた。その銃口を眼前に突《つ》き付けられる。

「『灯』を裏切るの？　そのつもりなら、さっさと言ってね」

モニカは不遜な笑みを浮かべた。

「――キミの遺体を処理しなきゃいけないから」

この壊滅《かいめつ》的な状況は予告なく作られた。優柔不断《ゆうじゅうふだん》な自分を待つことなく、提示された。

ティアは唾《つば》を呑《の》み、背後で安穏《あんのん》と眠り続ける灰桃髪の少女――アネットを見た。

打開策を見いださなければいけない。

『灯』の崩壊を止めるためには、自分が動かなくてはならないのだ。

あとがき

お久しぶりです、竹町です。

2巻のあとがきで語る内容ではないですが、1巻発売当初のことを語らせてください。

1巻ですが、有難《ありがた》いことにファンタジア文庫編集部が大々的な施策《しさく》をうってくれました。豪華《ごうか》なPVが作られ、クラウスに加え、7人の少女に声優さんによる声がつきました。また書店に7人の少女たちの等身大パネルも置いていただきました。ネット上では、7人の少女の人気投票が行われました。イラストレーターのトマリ先生もTwitterでクラウス+7人の少女の人気投票ののち、素敵なイラストを描《えが》いてくださいました。

ええ——7人。

編集部、声優さん、書店さん、トマリ先生を巻き込んで、嘘《うそ》をついていることに、作者本人は恐《おそ》れおののくと共に、非常に感謝しております。ありがとうございました。

1巻ラストまで姿を隠《かく》し続けたあの子は「不幸……」と膝《ひざ》を抱《かか》えているはずなので、なにかしら措置《そち》ができれば、と思います。というか、お願いします。担当編集さん。

以下謝辞です。

イラストレーターのトマリ先生。1巻に引き続き、作品を成立させる重要な役目を担っていただき、ありがとうございました。今後もイラストが鍵《かぎ》となる作品となるかもですが、呆《あき》れずに引き受けてくれたら嬉《うれ》しいです。

1巻のみならず、2巻もアドバイスをしてくれたRさんにも、特別な感謝を。

スパイ教室をご購入《こうにゅう》いただいた読者様。本当になんとお礼を言ったらいいのか。少しでも楽しい時間を提供できるよう、これからも尽力《じんりょく》する所存です。

この巻の発売頃には告知されていると思いますが、本シリーズのコミカライズも決定しております。細かい情報などは、Twitterで公式アカウントから公開されますので、そちらをフォローしていただけたら幸いです。

最後に一つ弁明です。1巻発売時のヒロイン人気投票で見事一位に輝《かがや》き、2巻のカバーを飾《かざ》った少女ですが、物語の都合上、どうしても2巻に出すことができませんでした。

その理由は――3巻のサブタイトルと内容を見た時に察してもらえたら。

読者様に納得していただけるよう、次巻も頑張《がんば》ります。では、では。

竹町

お便りはこちらまで

〒一〇二―八一七七

ファンタジア文庫編集部気付

竹町（様）宛

トマリ（様）宛

富士見ファンタジア文庫

スパイ教室《きょうしつ》02
《愛娘《まなむすめ》》のグレーテ

令和2年4月20日　初版発行
令和5年6月10日　19版発行

著者――竹町《たけまち》

発行者――山下直久
発　行――株式会社KADOKAWA
〒102-8177
東京都千代田区富士見2-13-3
0570-002-301（ナビダイヤル）
印刷所――株式会社KADOKAWA
製本所――株式会社KADOKAWA

※定価はカバーに表示してあります。
●お問い合わせ
https://www.kadokawa.co.jp/（「お問い合わせ」へお進みください）
※内容によっては、お答えできない場合があります。
※サポートは日本国内のみとさせていただきます。
※Japanese text only

ISBN978-4-04-073636-5　C0193

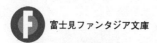

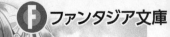

ティナ
四大公爵家の
ひとつ、ハワード家に
生まれた公女殿下。
なぜか誰でも扱える
程度の魔法すら使う
ことができない。
変える
はじめましょう
アレン
公爵令嬢ティナの
家庭教師を務める
ことになった青年。魔法
の知識・制御にかけては
他の追随を許さない
圧倒的な実力の
持ち主。
発売中!

切り拓け！キミだけの王道
ファンタジア大賞
原稿募集中！
賞金
《大賞》300万円
《金賞》50万円
《銀賞》30万円
選考委員
細音啓「キミと僕の最後の戦場、あるいは世界が始まる聖戦」
橘公司「デート・ア・ライブ」
羊太郎「ロクでなし魔術講師と禁忌教典《アカシックレコード》」
ファンタジア文庫編集長
前期締切 8月末日
後期締切 2月末日
公式サイトはこちら！ https://www.fantasiataisho.com/
イラスト／つなこ、猫鍋蒼、三嶋くろね